三部曲

柴六开五星XQ

——系列漫画小说——

齐一民 著

云南出版集团
云南人民出版社

图书在版编目（CIP）数据

柴六开五星WC / 齐一民著. -- 昆明 : 云南人民出版社, 2021.2

（马桶三部曲）

ISBN 978-7-222-19944-6

Ⅰ. ①柴… Ⅱ. ①齐… Ⅲ. ①长篇小说—中国—当代 Ⅳ. ①I247.5

中国版本图书馆CIP数据核字(2021)第018785号

责任编辑：朱 颖
责任校对：范晓芬
封面设计：杨晓东
责任印制：李寒东
装帧设计：云南杺颐文化传播有限公司

马桶三部曲

柴六开五星WC

齐一民 著

出 版 云南出版集团 云南人民出版社
发 行 云南人民出版社
社 址 昆明市环城西路 609 号
邮 编 650034
网 址 http://ynpress.yunshow.com
E-mail ynrms@sina.com
开 本 889mm×1194mm 1/32
印 张 7.75
字 数 180 千
版 次 2021 年 2 月第 1 版第 1 次印刷
印 刷 云南精妙印务有限公司
书 号 ISBN 978-7-222-19944-6
定 价 38.00 元

云南人民出版社微信公众号

如需购买图书、反馈意见，请与我社联系

总编室：0871-64109126 发行部：0871-64108507

审校部：0871-64164626 印制部：0871-64191534

永远的马桶
——“马桶三部曲”自序

一

人在还没进化到人类之前便开始排泄了，但那时并没有马桶。

马桶的出现使人类一下子就显得——特别文明了。

是马桶成就、成全了人类。

人类的排泄是广义的排泄：

排泄粪便、排泄怨气、排泄不满、排泄流毒、排泄喜悦。

以上所有这些都需要有像样的、合适的、以马桶为象征的各种排泄渠道。

这个星球离开了马桶、离开了排泄渠道，就将是一个一塌糊涂的、不可思议的、不干不净的、不卫生的星球，尤其是在人类已经习惯了住在几十层甚至上百层的高楼之后。

没有马桶的纽约世贸中心和上海金茂大厦将是所有人都从几百米高空向下倾泻粪便的、不文明的中心和大厦，那将很难进行什么国际间的文明贸易。

几百米的金茂大厦绝不可能建立在手涮马桶的基础之上。又不是在狭窄的弄堂。

马桶使人爬高了；

马桶使人类身心解脱了；

马桶使人类显出人性了；

马桶使人类在行为上现代化了。

马桶使人类能够在可以干净地处理被视为最肮脏的粪便（但不包括狗的视角）的高空中，看上去真的那么像君子和贵妇了。

因此马桶真的很伟大；

因此马桶真的很帮忙；

因此马桶真的很可爱；

因此马桶真的很酷毙；

因此马桶真的很帅呆；

因此马桶真的有大用途；

因此马桶真的那么成功地将人类推向了物质和精神的双重文明。

马桶万岁！

人类的文明万岁！

文明的人类确确实实离不开马桶。

二

如今在地球上生活着数十亿人。我们可将他们分为穷人和富人；我们可将他们分为白人和黑人；我们可将他们分为男人和女人；我们可将他们分为好人和坏人、统治人的人和被人统治的人，以及是人和不是人的人……

同样，我们亦可将这七十多亿人分为拥有马桶的人和不拥有马桶的人，分为坐过马桶的人和没坐过马桶的人，分为先坐马桶的人和后坐马桶的人……

三

中国人比西方人晚坐了几十年甚至上百年的马桶。

拥有五千年文明史的中国人，不幸地（或者幸运地）先后不约而同地坐到西方人发明的抽水马桶上去了。

这进程是晚了还是早了，是该坐上去还是不该坐上去，是坐对了还是坐错了……那都是有关中西文明对比的深刻问题，对此本书的作者无权发表奏刍议，但是，本人试用近70万字的“马桶三部曲”，来捍卫马桶给人类带来的文明的尊严，来排除对马桶的文明意义的来自不同方位的质疑，来发泄对那些既坐着马桶排泄不可告人的臭大粪，又鄙疑马桶地位的伪君子们的不满，因为本人知道“马桶三部曲”的绝大多数读者在读完本书的一天之内，都必然会用使用抽水马桶的方式来表现他们的文明气质，都必然会大便小便，否则不是死了，就是有便秘问题。

包括本人在内的全体人类的共同虚伪就在于明明人人都满腹粪便，却都希求浑身香气四散。

四

抽水马桶是人类的一个伟大发明。

马桶的出现是人类文明发展进程中的一个不小的飞跃，人类文明步履的艰难因马桶的出现而出现了转机，马桶使全人类提高了做人的境界，因此，促进马桶事业的普及和发展壮大既是全人类都需要前赴后继履行的使命，也是想干干净净活下去的本人的天职。

五

中国需要更多的马桶，中国需要全国普及抽水马桶，中国更需要疏通、理顺各种排泄、排解的渠道。

因为那会使我们内外干净。

在更新型的洁具被发明之前，在水资源还未彻底枯竭之前，使全中国的十几亿人都能舒舒服服地坐在物美价廉的抽水马桶上排泄，都能至少在行为上干干净净地做人，应该是21世纪中国的一项基本国策。

六

马桶永远，

所以要永远歌颂马桶；

人类的文明永远，

所以要永远歌颂人类的文明。

为马桶和文明而同声歌唱吧！

齐天大

2000年11月22日于梅地亚中心

目 录

余　力

关于余力：他所从事的是一项前无古人后无来者的堪称奇特的工作，他以身怀的绝技和少有的冲动全心全意地投入到工作之中。

一、余力开电梯

1．晚出的青春痘

余力满脸长着晚出的青春痘。

余力是二十岁到头的时候才在脸上全方位地长出青春痘的。出人意料地，长了满脸青春痘的余力一下觉得青春真的到了，心里便火烧火燎的，裤裆下面躲藏着的那个家伙也火烧火燎的，整得他在满镇子里到处寻摸——他控制不了晚来的旺盛的青春，他真急了。他就是在这个青春得蹿火的当口，来到京城丙区乙楼甲门，当了一个开电梯的。

2．不喝白不喝

余力成长于河北衡水地区一个没有楼房的小镇，原本在一家镇办的生产假冒衡水老白干的酒厂当质量检验员。

余力在那家酒厂一干就是十多年。

余力最终被开除是因为厂里突然发现全厂的假酒生产量在余力的检验下下降了10%。经调查，原来被余力抽查过的假酒都被余力喝了，于是厂里在制订第二年产量增长10%的生产计划时便开除了余力。

其实余力在进厂的前九年滴酒不沾，余力有祖传的酒精过敏症，厂里也恰恰是因为看中了余力沾了酒就全身起红斑的特长才让他进行假酒质量检验的。

余力最终在工作时喝酒也是在不情愿的状态下喝的，因为他喝酒后实在难受，有一次他喝完酒后全身超重10%，而且长满了紫血的大疱，使他想到了死，但他不得不喝，因为对他来说世界上只有酒可以白喝，就像对打扫厕所的人来说只有大便是能白吃的那样——余力不能白白错过这个机会，余力又不是傻瓜。

3. “什么叫电梯？”

余力是在没有楼房的镇上徘徊了一年多后才有机会进京开电梯的。

一天进了京的王三从京城坐火车回来，问在家待着的余力想不想去首都工作，并说正好有一个开电梯的工作缺人。

“什么叫电梯？”余力问。

“电梯与楼宇自动化有关。”王三说。

王三又问余力会不会英文或电脑，因为北京对开电梯工种的文化素质要求可能很高。

余力又问什么叫英文和电脑。

余力的父母本来就因儿子既没工作又找不到媳妇发愁，一看王三这是在做要礼品的暗示，就赶紧从地窖里提出两瓶上好的正宗假衡水老白干出来。

王三将假酒提走了。

半个月后王三又返回没有楼房的镇子，神秘兮兮地、十分夸张地告诉余力尽管有十个人同时争取开电梯那个职位，而且其中还有一个硕士，但因为王三认识电梯班的班长，就录取了余力。

于是余力便开上了电梯。

4. 电梯用人开吗?

河北出骆驼祥子。

祥子老家也是河北，祥子当年进京时也满青春的。

祥子与余力比，祥子只是个拉车的，余力将要开的是电梯。送余力进京那天晚上，没有楼房的镇子十分的热闹，都说余力终于有了出息，要开的是电梯。假酒厂的厂长也来了，他知道余力是要进京，因为他常进京，想以后进京时借余力的一点余光。

“什么？开电梯？电梯用人开吗？”——厂长是坐过电梯的。”飞机还用人开呢！”王三替余力答道。

接着，王三私下向余力透漏了他今后的工资——八十八元。

5. 需要换挡的电梯

丙区乙楼地处京城繁华地段，是一座每平方米万元的商品楼。乙楼共十八层。

乙楼甲门里住的基本上是京城的中产阶层，居民中有80%的局级或局级待遇干部，15%的处级或处级待遇干部；50%的中老年；30%的单身；一位A级男性影视明星和一位C级女性影视明星。

由于乙楼里住有政府的局长和国家的明星，便有了一定的政治敏感度，便需要对国家的机密和首长的安全进行保障，就不能选用由日本人和美国人制造的进口电梯了，因为日本人和美国人知道甲门里住有马桶局局长后可能会在电梯内安装窃听器。

甲门选用的是国产电梯。

国产的绝大多数电梯是需要人来开的，不开就不走。如同目前国产的绝大多数汽车一样，都是手动挡的，自动挡的还没出世。

因此甲门就需要五名开电梯的员工。

因此余力就从衡水地区没有楼房的小镇风尘仆仆地赶来开电梯了。

中国的电梯还需要用手来换挡，还需要余力。

6. 开电梯如开火箭

余力在上岗前接受了三个月的上岗培训。

培训由电梯班班长主持，他总共需培训八个新的电梯员，其中四个男的，四个女的。

培训主要包括以下内容：学习《中华人民共和国宪法》；学习《首都人民文明公约》；接受爱党爱社会主义教育、爱国主义教育、公民权利义务教育、反帝反封建教育、基本人权教育、电工原理、社会主义初级阶段理论、基础电脑学、基本英语会话、基本格斗训练、基本擒拿本领和基本普通话教育。

班长还请来了“三通”电梯厂的总工程师，让他给大家介绍“三通”电梯的基本运行原理以及几十种排除危险情况的手段，如在电梯内一下全看不见的情况下怎么办，电梯一下向十九层以上的楼层冲出去的情况下怎么办。

“这楼总共不就十八层吗？”有的学员问。

“所以叫作紧急情况嘛！”总工不耐烦地回答。然后他给大家看了一段美国“挑战者”号火箭腾空时爆炸的壮丽情景。

余力看完录像后心潮澎湃。

7. 一定要分清歹徒与局长

班长在培训时特意指点了一下余力。班长告诉余力他是被破格录取到培训班的，因为他既不是首都户口又没有学历。班长说北京与衡水不完全一样，北京全是人才。在北京有十几万人在开电梯的岗位上从业，而且平均学历是大专。班长说之所以将余力作为甲门电梯员的候选人之一主要并不是因为他认识王三，而是因为余力是单身男子，是单身就毫无牵挂，就能全心全意地投入到开电梯的事业上。

余力听后特别感动。

班长在三个月的培训即将结束的时候才开始了全部培训中最重要的课题——讲政治。

班长说甲门不同于乙门，更不同于丁门，在乙门和丁门中没有局长和明星，但甲门中有。

“电梯班长大还是马桶局局长大？”余力问。

班长并没正面回答余力的问题，而是说保护好局长就等于保护好国家，因为国家不能没有局长，没有局长就不可能有国家。

“这是政治任务！”班长严肃起来。

关于A级男明星和C级女明星，班长说应该以保护女明星为主，因为从发展的势头来看，今后中国女明星肯定会超过男明星，这位女明星目前虽然是C级的，但她的男朋友是A级的。

至于如何保护首长和两位明星的生命安全，班长并没做正面回答，而是组织大家看了两场电影，一场是《董存瑞》，一场是《黄继光》。之后，班长还特意带领四名女学员看了一场《小英雄刘胡兰》。

看完电影后班长还想补充些什么，但大家一再劝他不用再说了。

班长最后又请来一位民警同志，给大家介绍了近来发生的十大凶杀案件，以及在电梯里与歹徒搏斗时的注意事项。

“一定要坚守住电梯的控制机关，一定要将歹徒与局长区分

“有歹徒！”

开来！”民警同志说。

这时大家才想起问在几百户人家中究竟哪家是局长家，局长和明星到底长什么样？

“这是国家机密，能泄露给你们吗？”班长严肃起来。其实他也不知道。

8. 上岗前他哭了

领到电梯培训班毕业合格证和甲门电梯上岗证那天，余力在心里哭了一场。

因为有三位女学员虽然也领了合格证却没领到上岗证——即使她们是大专生。班长说女的开电梯不大方便，因为在千钧一发的时刻女的总是先尖叫起来。

有一个女学员与班长争辩，说女电梯驾驶员可以转移歹徒的注意力，从而变相保护首长的安全，但班长反驳说说了也没用，五个人开一部“三通”牌电梯已经够多了，已经算人浮于事，他让那三个人到别的使用国产电梯的楼里碰碰运气。

于是余力便上岗了。

9. “有歹徒！”

余力在上岗后的最初三个月里有三次差点被开除。第一次是因为他太紧张。

余力开电梯前没坐过电梯。

余力在班长手把手地指导下完成了第一趟客人的运载，然后班长就走了。

但也就在班长的后脚刚刚跨离电梯的那一刻，电梯内的灯就全灭了。

余力大叫起来。

余力一叫吓得梯内剩余的乘客——尤其是女的——与他一齐尖叫，这就更吓坏了余力，余力的手本能地四下乱抓，他不小心抓到了几个女人的胸部。

“有歹徒！”女人们的叫声更加声嘶力竭。

“什么？有歹徒！这么快就来了！”余力听后先失了魂，随即马上想到了《董存瑞》《黄继光》，以及《血染的风采》，便在伸手不见五指的电梯内向歹徒扑了上去。

他又扑出了一片哭嚎。

这时，电灯亮了，电梯的门开了，门口站着班长，班长身后跟着两个身穿深绿色警服的警察。

其实电梯根本没离开地面。

“歹徒在哪儿？”警察提着警棍焦急地问。女人们的手便一同指向了余力……

10. 他在电梯里撒尿

第二次要被开除也与余力没坐过电梯有关——他上电梯就犯晕，就目眩，就紧张得想小便。每次停机时他都头一个冲出去小便。

上岗的第二天，“三通”电梯在十七层和十八层之间停住了，一停就是半天。余力打开电梯门后发现不是楼道，而是墙，就使劲去踹那堵墙，因为他想小便。那堵墙被他踹后还是不动，

余力尿更急了。

余力在电梯里冲着电梯的一角尿了。梯内的女客见了，大叫“流氓！”

“流氓在哪儿？！”紧张的余力又扑出了一片女人的叫声。

事后余力被班长叫去，班长想开除余力。”在那千钧一发的情况下，你为何不好好想想董存瑞、黄继光呢！”班长语重心长地说。

11. 他6、9不分

余力第三次差点被开除纯属业务方面的原因。余力不精通业务。

余力的数学水平极低。

尽管在培训期间班长用计算器模拟电梯键盘对余力进行了三个月突击式的训练，余力还是按不准电梯上的那十个数字，尤其是常常混淆6和9。

“您去几楼？”

“9楼。”

余力肯定会按那个6字。

问题不在于余力错将9按为6，问题在于想去9楼的人大多数说完9后就再也不看电梯表盘上的数字了，他们在6层下了电梯就径直朝自认为是各自的家门走去，而且还不看门号。

因此在余力值班的时候经常有6层的人用钥匙去捅9层人家的锁，也有9层的男人走进6层人家的“家门”，张开双臂去拥抱原本属于6层男人的妻子。

班长因此被公安局通告，说甲门的刑事案件骤然增多。班长也莫名其妙。

12. 傻子能开电梯吗?

余力在人们上楼时问人们去几层——这是对的。

余力在人们下楼时也问人们去几层——这就不对了。

尤其是早晨上班的时间，大家的心情都十分迫切。十楼有人进来了，想下楼，余力问："去几层？""……一层。"

九楼有人进来了，想下楼，余力也问："去几层？""……一层。"

进来十个人余力问十次。而甲门最低就是一层。

"你怎么找个傻子来开电梯？"甲门住户不止一人、不止一次问班长。

"他傻吗？雷锋不是说大家都应该当革命的傻子吗？"班长理直气壮地回答。

但背地里班长还是想开除余力。

在听明班长的意图后余力反驳道："你不是在培训班上说一定要在问清客人要去几层后才能开电梯的吗？"

13. 能用臀部保护首长吗?

余力一直想查出那个马桶局局长、那个男明星和女明星的下落。

这对他来说太重要了。

班长说近来全国歹徒越来越多了，局长却没有歹徒多，所以保护局长的安危是衡量一个电梯员杀敌本领过硬不过硬的重要方面。

男女明星也十分重要。虽然目前中国男女明星的数量比歹徒还多，但明星是好人，歹徒是坏人。

余力一直考虑在歹徒用刀、用枪，或用冲锋枪伤害首长时应该采用什么样的方式去保护首长，是挺身而出用胸膛去堵枪口，还是将首长一个猛子按倒在地？

保护首长时应使用侧身、正身，还是用臀部？余力反复想。

“首先要千方百计地将首长辨认出来。”余力又想。余力开始用一种不正常的眼光打量起每天上下电梯的几百号人来。准确地说余力只打量上下电梯的男人，因为班长曾向他透露了一个不准向第三者透露的秘密：“马桶局局长是男的。”

于是每个男人都在他的审视之中。

余力先从胖的看起，余力再从走路迈正方步的看起，余力又从说话拿腔拿调的看起，余力更从一句话也不说的看起。

最后余力索性直截了当地问了十个既胖又走路迈方步、既上午拿腔拿调又晚上一句话也不说的男子们：“你是局长吗？”

那些人都说：“我还不是。”

余力听说局长都坐奥迪车了，就到楼口观看哪个男的出去坐奥迪，但由于甲门的人都比较富有，每天坐奥迪进出的总是几十人上下，余力便不再将奥迪与局长直接挂钩了。

这时城里又发生了几起重大凶杀案，歹徒逼得更近了。余力的目光便从寻找局长改为寻找歹徒了。

有时余力眼看花了、看累了，竟然将全门的几百号男人都看成歹徒了；有时余力眼看累了、看花了，也会将全门的几百号男人都看成局长。

至于那位男明星，余力也一样会看混淆，有时他把所有男人都看为明星，但他们时不时地也会全部或部分变成歹徒。

14. 裤裆下面那个“棒槌”

甲门的女人们反映有个开电梯的有作风问题，是个流氓，她们指的就是余力。因为余力为了找出那个女明星的下落总是用直勾勾的眼睛看电梯内所有的女人，连老太太和少女都不放过。

一开始余力将全门的女人都当明星，因为对于来自衡水地区一个没有楼房的小镇的余力来说，京城的女人凡是化了妆的长得都有点明星的模样。余力本来生性腼腆，本来从不敢正眼观看异性，他是为了完成任务才用勾直的眼睛看女人的。但他不看则罢，一看就在眼里拔不出来了。

年近三十，长着满脸青春痘的余力的目光在电梯中每接触到女人，便会感到裤裆下面那个“棒槌”的亢奋，那使余力的目光欲罢不能，使女人们见了欲躲不及。

“他是个歹徒！”女人们愤愤地向班长投诉。”不会吧……”班长慢腾腾地说。

15. 女人们的眼光很毒

自从甲门的女人们都用看歹徒的眼神看余力后，在余力的眼中连那些女人们也都像起歹徒来。

因为她们的眼光十分的歹毒，因此余力就更加不安起来。

余力想如果这么多女歹徒也一同袭击局长的话，他将如何保障局长的安危呢？局长的安危都保障不了还怎么保护国家的安危、保护人民的安危呢？

余力突然意识到自己目前的处境远不如当年的董存瑞、黄继光。因为董存瑞在炸碉堡时还知道身后有战友和人民，黄继光在堵枪眼时也知道有人事后会讴歌自己，但眼下我余力的周围可能都是歹徒，或者都是可能成为歹徒的人，他（她）们可能都会同时扑向局长，虽然自己那么想奋不顾身地保卫局长，却不知道局长长得是什么样子。

如果自己因保卫局长英勇牺牲了，局长会追悼自己吗？会寄托对自己的哀思吗？会失声痛哭吗？

可能她们都是局长，谁说局长一定是男的？余力又想。既然她们有可能就是局长，既然她们知道自己会在生死攸关的时刻像那天电梯灯突然灭时那样猛地扑上去保护她们，她们为何还用这种像看坏蛋般狠毒的目光死盯着自己呢？

余力想不通——用半疑惑半警觉的头脑。

被余力在黑灯瞎火的电梯内狠抓了几把胸脯的女人们也想不通。

女人们怎么也不明白为何电梯班班长找这样一个用歹徒般的手段和目光对付女人的人来开电梯。

女人们想如今这个年月歹徒简直是无孔不入，都打进电梯里来了。

女人们认为歹徒就在她们的身旁。

引发了以上双向误解的余力和女人们用歹毒的目光在电梯内对视了一段时间后，便不由自主地分别将希望寄托到真正的歹徒和真正的局长身上了。

余力想只有真的歹徒来了才能表现自己大无畏的英雄气概，才能有机会成为英雄；

女人们想只有余力真杀个人才能有机会将他抓起来，才有机会成为智擒歹徒的女英雄。

余力想唯一能使歹徒暴露出原形的方法就是让局长站出来，因为只有局长才会吸引歹徒；

女人们想如果局长都挺身站出来了余力还不动手，那就说明余力是个城府极深的歹徒，是个对整个国家甚至整个世界都有极大潜在威胁的一定要被根除的歹徒。

“对，一定要根除他！”女人们想到了对太监的根除方法。

中国的男人如果都像太监那么老实、听话就好了，就天下太平了；中国的男人之所以都像余力一样有潜在的成为歹徒的可能性就是因为六根未除干净——女人们坚信。

“局长你到底在哪里？”都想把对方根除的余力和女人们一上电梯就四下寻找。

16．开电梯开出了瘾

转眼冬去春来，余力在乙楼甲门已经开了半年的电梯了。半年来虽然余力没找到他心目中那个唯一的人——局长，却找到了一个开电梯的人应有的正确感觉。

余力开电梯开出瘾来了，余力开电梯开出点味道来了，余力开电梯开出点权力意识来了，余力开电梯开出点意境来了。

余力不得了了！

余力抖起来了！

17. 开电梯如演《007》

是“三通”电梯为余力提供种种感觉的，是“三通”牌电梯成全了余力。

开“三通”牌国产电梯比开手动挡电车和开直升机都难，都需要细心大胆，都需要动脑筋，都需要体力和脑力，都需要智力，都需要知识化、科学化，都危险。

开“三通”牌电梯的余力所经历过的危险足能使人联想起美国功夫片《007》。

余力曾在“三通”电梯内在断水断电断粮的状态下待过七十二小时；

余力驾驶的“三通”牌电梯有一次差点从十九层楼顶直升出去；

“三通”里曾经发生过大水淹没胸部的水灾；

“三通”的按钮经常“上”“下”不分；

“三通”里夏天有时要穿棉袄；

“三通”里有时会混入煤气；

有时“三通”会突然加速；

有时“三通”会猛地减速。

余力想夹人的时候就可以将关门的速度一下提高。

余力可以让“三通”在十六、十七层之间的位置上停顿，让他认为像歹徒的人从老鼠那么大点的小洞里钻出去。

余力不喜欢谁就不在他不喜欢的人住的那层楼停，或是先停一下，等那人半条腿刚跨上来时就猛地将门关闭。

余力心情不好时整个十六层的人都要走上走下。

当楼里的孩子闹着要去坐惊险的过山车时，孩子们的父亲们都说不用了，说坐坐满脸绿豆的叔叔开的电梯就能达到同样的效果了。

以上种种余力都可推到“三通”的头上。

“三通”本来保修时间就短，只保修六千公里，班长又没算清到底“三通”跑了多少里数，所以“三通”的人三个月后第一次上门服务时就说保修期已过，故障期已经开始，而且从故障期的第一次维修起就要按钟点收费。

“三通”的人排除第一个故障就用了整整三天时间。

班长一看这下完了，第二个故障肯定会用半年时间排除，按半年时间收费。

因此班长便放弃了与“三通”纠缠的原始思路，将与“三通”斗争的战略重点转移到电梯驾驶员的培养和锻炼上来了。

所以他要大专生，要有汽车或飞机驾驶执照的，要胆大心细，临危不惧的——勇士型的，要如余力般智勇双全的人才。

所以脸上晚些长青春绿痘的余力便在电梯班内凭着他的果敢和机智，凭着他处理风险时的英勇果敢在电梯班内走红了，打响了。

余力成了开电梯的明星！

余力成了电梯标兵！

余力成了开电梯的突击手！

余力成了与“三通”英勇拼搏的电梯英雄！

总之，余力已经不是半年前在假衡水酒厂偷酒喝的余力了，余力已经是大写的余力了。

18. 马桶终于来了

正当余力的电梯刚开出点情调的时候，不幸的事情发生了，甲门的居民开始装修了。

甲门的居民不知为何选在同年同月同日同时开始装修。也许春天本是装修的季节。

由于余力以前没有装修的概念，便以为甲门是要拆迁，便以为乙楼要被推倒，便以为电梯再也开不成了，便以为要回衡水了。

因为甲门的人在装修之前先要：

（1）拆掉马桶；

（2）拆掉浴盆；

（3）拆除不想要的墙；

（4）推倒不想要的梁；

（5）敲毁不顺眼的玻璃；

（6）再将马桶、浴盆、破墙、破梁、破玻璃全部运出甲门——用余力的电梯。

整整运送了一个月。

轰轰烈烈，浩浩荡荡，热火朝天。

余力看傻了。余力心说这么拆楼，一层层地拆，再过一个月这楼还能不倒？楼倒了后我余力还开什么电梯？这不是要丢掉铁饭碗吗？开电梯的铁饭碗丢了我上哪儿挣八十八元去？如何娶妻？如何安慰裤裆下的那杆枪？

总之，余力茫然了。

当装修工程进行到十天之后余力已经不敢再开电梯了，因为他怕甲门从十层突然断裂，因为他眼看着九层楼的梁都被运出去了，十一层的墙也都被运出去了，如果再运十层的墙和八层的梁的话……

“这楼准塌！”

余力这么想着，心里抖着，手发颤着。

担心楼就要倒的余力已忘记了局长、A 级男星和C级女星的存在，因为余力知道一旦楼都倒了，自己再英勇，再董存瑞、黄继光般视死如归也无济于事，也会与局长一同光荣牺牲，因为余力可以不怕歹徒，但余力和局长、明星都怕楼塌，都怕水泥做的墙。连歹徒都怕墙，何况局长呢？余力虽然害怕局长，但余力知道墙比局长厉害，余力知道谁都怕墙。

余力想中途不干了，想在楼塌之前临阵脱逃到衡水去。余力向班长请假，说他奶奶死了。

班长一听就急了，让他奶奶再延长口气，因为装修工作刚刚开始，正急着用人，目前五个电梯工根本就不够用，正是用人之际。

“什么叫装修？”余力第一次听到这种说法，因为衡水的经济水平还没达到装修的阶段。

班长就告诉他什么叫装修。

这下余力才恍然大悟，心里才踏实下来。

原来甲门的电梯事业才刚刚起步，甲门还没最终成型呢！

余力又返回了热火朝天的电梯第一线。墙拆完后新的墙和新的马桶就陆陆续续来了。

19. 马桶局局长的爸爸

有一天几家送新马桶的人在一层电梯口打了起来，大家都想抢运马桶，都想先把马桶抬入电梯。

余力这就为难了。

不论余力如何厉色或如何好言劝阻，几个指挥民工抬马桶的人也维持不住现场的秩序，因为电梯太小，新马桶都太大，一次只能运一个马桶。

这时一个老头儿急了，就问余力知道不知道他是谁，余力说不知道，那老头儿就说：“我是堂堂马桶事业局局长的爸爸。”

余力起初只听清了“爸爸”二字，以为老头儿在骂他，就愤怒地说：“我才是你爸爸。”但他马上又回味起了“爸爸”前的一长串定语。

琢磨出“马桶事业局局长”几个字味道的余力差点激动得昏倒在电梯岗位上。

20. 局长他姥姥的弟弟

接着余力又与几个与局长有关的人巧遇了，他们分别是：

局长的邻居；

局长的大姨；

局长的大姨子；

局长的大舅；

局长的大舅子；

局长他姥姥；

为局长修马桶的人；

为局长开车的；

给局长送文件、送条子、送礼的；

……

以及，局长他姥姥的弟弟。

以上这些人都是在与余力发生冲突时说：你知道我是谁吗？我是马桶局长的邻居（大姨、大姨子……姥姥的弟弟）时暴露身份的。

余力只知道那些人都住在十三层楼，却始终没搞清局长家的门号是多少，因为那些人——包括局长的姥姥——往往暴露身份后就一个箭步跨出电梯，然后便消失在十三层楼上。余力想跟着一个大步追上去看个仔细，却都被电梯上其他顾客一把抓住裤腰带，因为“三通”电梯不能没有驾驶员余力，否则就会失控，就会从十三楼上一个跟头掉下去。

因此余力不知局长家的门牌号，也不知谁是局长本人。

21. 蚤子多了还怕咬吗？

知道局长住在十三层楼上的余力格外谨慎起来，因为十三层楼的人很多，每个要到十三层去的人都引起了余力的警觉，因为他们有男有女、有老有少、有正经有不正经、有深沉有不深沉、有像歹徒的有不像歹徒的……

余力从局长有姥姥判断局长的姥爷也可能健在，从局长有大姨判断局长会有大姨夫，从局长有开车的判断可能给局长开车的人也有大姨、大姨夫和大姨夫的姥姥、姥爷……

那些人都很重要，都需要保护，因为保护他们就是间接保护局长，保护局长就是保护国家，国家可以没有余力，余力本是多余的，但国家不能没有局长，所以说保护局长就等于保护我余力，因为余力也是局长给的，没有局长哪有我余力？……以上道理余力是懂得的。

余力不懂得的是如何间接保护局长的姥姥、大姨、大舅……因为他们的人数太多，余力却只有一个，而且一旦余力保护局长的大姨子光荣牺牲了，还有谁去保护局长本人呢？何况电梯也离不开余力，一旦余力为保护局长的大舅光荣牺牲了，或是失去了知觉，那个电梯马上就会脱缰从十三层上摔下去，摔死了电梯上剩余的人倒是小事，万一十三层楼下被砸的人之中正好有局长本人呢？

“我如何向党和人民交代？”余力想。

余力越想越胆小，越想越害怕。一开始余力怕十三层楼上的人，但后来余力所害怕的人就包括整个甲门的所有男女老少了，因为那些人走上电梯时并不事先通知余力他们是十三层或不是十三层的，他们有可能是十三层的，有可能不是十三层的；有可能是歹徒，也有可能不是歹徒。班长说越接近局长的人越可能是歹徒，因为堡垒最容易从内部攻破。

余力越想越感到可怕，因为他可能已经陷入歹徒或局长大姨小姨们、大舅小舅们的重重包围之中了，他已无法自拔，因为这门里除了十三层楼的局长之外，还应该有几位副局长，而且80%的处级和处级待遇的干部中随时都有可能被提起一位副局长，处长也可能破格成为局长，他们都有大姨小姨、大舅小舅、姥姥姥爷们……

“去他妈的吧！”在苦思和紧张了一阵子之后有一天余力突然大骂一声，放松了下来，他干脆不再去想什么局长副局长了，因为他知道蚤子多了也就不再怕咬了。

22. 为何男人都像歹徒?

余力的第二个目标是找出A级男星。

他先从长得像英雄的人找起；

他再从长得像雷锋的人找起；

他又从身材伟岸的男子中寻找。

但班长说他找错了，因为90年代的A级男明星长得都像歹徒。

这下余力为难了，因为凡上电梯的男人在他看来都像歹徒。连他自己都像。

于是，他便也放弃了找男星的尝试。

找歹徒比找局长容易多了，但歹徒实在太多，无从下手。

23. 月薪88

当余力裤裆下的那个“棒槌”在暮春的香风的熏陶下再也不肯垂下头时，余力开始找C级女星了。

班长说90年代的女人都有明星意识，而且长得都像好人，所以找女星是最难的一项工程。班长说90年代找老婆比找女星难上十倍。他为了证明自己的理论正确，就让余力随口举出几个女明星的名字。余力毫不犹豫就说出了“慈禧太后”和“武则天”的名字，还有刘晓庆、希拉里。

“那你老婆叫什么名字？”班长紧接着问。余力哑口无言，“棒槌”也跟着垂下了头。

余力的心被触动了，因为余力没钱娶妻，余力正是为了娶妻才来都市开电梯的。

余力的月薪仍是八十八元整。

24. 他要砸电视

余力买了一个70年代末产的国产黑白电视，他要用电视找女明星，因为班长说只有电视中有的女人才够明星的资格。班长说70年代以前中国之所以没出几个明星，就是因为没有电视。班长还说一百年后当电视全球普及时，余力本人也自然就是明星了。班长还引用了社会主义初级阶段的理论，说目前余力之所以还不是明星，完全是电视还不普及一手造成的。

余力听后差点将那台电视砸了。

25. 鉴别女明星与验尸

几天后余力终于在一个用英文播出的电视节目中找到了一个他在甲门电梯中见过的女人。他马上将这个重大收获告诉了班长。班长让余力先别激动，叫他一定弄清这个女人与电视中那个女人的 DNA是否相同，因为连美国人验尸都使用这种最科学的方法。其次是验证电梯里的那个女人是不是假的，因为当今什么都可能有假，连这台“三通”电梯都可能是假冒产品。班长说连专业打假的王海为了能够打更多的假、为了保留青山都不敢登上这部电梯验证它的真伪，而让他的助手前来。

余力使劲辩解说没错，他在电视中看到的就是她，因为她的体形特征十分明显——她有两个如广东沙田柚般硕大的巨乳和大葫芦般两边不对称的肥臀。

26. 胯下的“轻重武器”

余力第二天便在电梯内与“沙田柚”单独邂逅了。余力如获至宝。

余力用长着青春绿痘的脸正视着这张他苦苦寻找许久的C级明星的脸，以及明星脸下的那一对如沙田柚般令男人垂涎的丰乳，还有那两瓣一大一小如葫芦般不对称的肥臀

余力痴呆了。

余力青春绿色的豆子发芽了。

于是裤裆下的“两弹一枪”顶上膛了。

余力从没这么近距离地凝视过女人，余力从未这么咫尺之间注视明星。

“沙田柚”的脸是有姿色的，是有看头的，是能使青春的绿豆萌发和裤裆内的“轻重武器”抠上扳机的。

余力活了近三十年，第一次感受女人的丰乳肥臀；

余力活了近三十年，第一次感受动物的生命力；

余力活了近三十年，第一次想要拎着裤裆下的“武器”与女

人作战；

余力活了近三十年，第一次知道自己是个男人。

自己虽不是男星，虽不是局长、局长的司机、局长的姥爷……但自己也是个男的，是个被“轻重武器”配置起来的大老爷们，而且全副武装一样不少，而且自己也好战，也是一头被欲火武装到牙齿的歹徒！

在这个如袖、如葫芦般熟透了的女人面前！

在这个如狐的婆子面前！

27. 好人的屁股能一大一小吗？

余力想一个猛子扑向那个丰硕的“柚子”，余力想上去啃一口那个“柚子”，那橙黄的表皮下应该是酸甜的果汁，余力想去掐一把那两瓣大小不均的“葫芦”，余力想去尝一口那“葫芦”中酿的陈酒。

因为余力是男的！

因为余力是喝衡水烈度假白干长大的烈性小子！

也就在余力再也抑制不住想去吃“沙田柚”，想去掐女明星的“葫芦”的时刻，余力想到了班长。

余力想起了班长在培训班上的谆谆教诲，班长说：“在任何情况下都不准在电梯内扑向女人，扑向男人可以。如果扑着了女人就一定枪毙！”

想到了那句话，余力的“轻重武器”一下解除了警戒，余力一下就蔫了下来，目光也垂了下来。

“但是，”班长接着又说，“除非那个女人是歹徒。”余力的眼睛又噌地一下亮了，又迸出了火花！

“她要是歹徒就好了！她为什么不是歹徒？她难道不是歹徒吗？好人有这德性的吗？好人的奶子能这么大吗？好人的屁股能一大一小吗？她莫非真的是女贼？是强奸犯？是歹徒？是骗子？她……她如果真是歹徒……的话……那真是谢天谢地了！”

余力越想越兴奋，“棒槌”和“手雷”又上紧了弦，于是他的双眼又直逼“沙田柚”，因为此时此刻在余力的眼中“沙田柚”已经没有理由不是歹徒了，已经不可能不是女贼了，她必须是贼，她一定要是贼。“她如果不是贼的话，我就跟她拼了！”

当激动得面红耳赤的余力正要跃身而起，正要一个猛子扑向“沙田柚”的当口……

突然，电梯的门大开了，一个长得极像歹徒的男人闯进了电梯。

“怎么在楼下按了一个小时电梯也不下来，你他妈的是不是和老婆睡觉去了！十三层，快走！”他愤怒地吼道。

28. 余力卧床了

那次遇见“沙田柚”后余力卧床了一个星期。

29. 玉腿比象腿还粗

余力从病床上起来之后又见过几次“沙田柚”，但二人一碰面余力就开着电梯跑了——他猛地将电梯提速，使“沙田柚”上不了电梯。

还有一次余力在“沙田柚”的一条玉腿刚刚抬向空中，还没踏上电梯时就使劲关门，狠狠地夹了那条玉腿一下。

余力十分得意，余力得意后又后悔没能拖住那条玉腿，让它又缩回去了，如果能拖着它跑上几层就好了。

余力特坏。

“沙田柚”家住十八层，余力就从不把电梯开到十八层去，只要有人按了十八层的按钮，余力就去上厕所，因为班长说电梯员绝不能离开电梯岗位半步，除非是上茅房。

上了几十分钟茅房后回来的余力往往能在楼道里与“沙田柚”相遇——她正从十八层上一步步走下来，那条玉腿也比以前粗多了，看上去跟象腿似的。

余力特别得意。

余力挺坏的。

每到这时余力裤裆里暗藏的“核武器”也十分兴奋。

整治了“沙田柚”的余力十分得意也十分气恼，使他恼火的是无论他如何用电梯整治那个女人，她对自己既不怨恨也不公然指责，每次她与余力在步梯上相遇时都侧身而过，她根本就不记得余力，根本就不正眼看余力，根本就忽视了开电梯的余力的存在，她压根就没把余力当人，当个裤裆下掌握着“核武器”的、正常的男人！

余力咬牙切齿！

30. “我是人吗？”

余力差点想死——当他又一次看见“沙田柚”时。

那天余力刚刚从一层的茅房回来，就见“沙田柚”已经在电梯里等他了。由于按规定不能将客人赶下电梯，他就把电梯开向了第十八层——用极慢的速度。

电梯刚刚起动，他就发现电梯内还有一个人，一个中年男子，一个身穿中山装的一本正经的中年男子，正在与“沙田柚”亲嘴。

这男子还用双手去摘取她胸前那一对硕大的“柚子”，并用另一双手——不知他如何又腾出了一双手——去摸她身后那一大一小的两瓣“葫芦”。

余力眼前发黑，余力想死。

余力裤裆下的一对“核弹头”与“常规武器”一下进入了一级作战状态，如同一下被绑上了“长征二号”捆式火箭，并点着了火，急待升空。

余力想死。

余力目眩。

电梯的隆隆声和一男一女亲嘴时的咂咂声在他的耳畔此起彼伏，“沙田柚”在呻吟，那男子在喘息，余力在……想死。

电梯走得极慢，比以往任何时候都慢，电梯内的灯又忽地黑了下来……余力想死。

余力怨恨母亲为何将他生下；

余力怨恨父亲将他制成个男的，

余力怨恨父母为何在他裆下绑上了“长二捆”，为何在“二捆”上装配了如警棍般可以自行发出高压电流的“常规武器”——本该常用的家伙，那家伙只要见了“歹徒”——女人就会自动发电，就要跃跃欲试，就猴急猴急的，但他余力——一条提了三十年“警棍”的衡水汉子，一个见了三十年女人的大老爷们，却一次也没用上这根“警棍”，尽管他满眼都是歹徒，都是如眼前的这个“沙田柚”般的女人！

余力想哭。

在漆黑的“三通”中。

在咂咂地啃“柚子”的呼哧声中，余力想念歹徒。

余力想如果此时此刻真上来一个歹徒的话，肯定会当着余力的面将这一对忘我的男女杀了，将那两个“柚子”和大小不等的两块“葫芦”劈了，为他余力出气，为他余力解恨，与他分享切碎的“柚子皮”和“葫芦片子”，用那些碎片告慰自己裤裆中一直报效无门的“核武器”。

余力甚至自己想当那歹徒，想自己跃身而起去掐死身旁这一对在光天化日之下、在他的睽睽目光之下公然吃果子的男女，那样做肯定会将自己变为歹徒，对了，那样不就再也不用去死乞白赖地抓歹徒了吗？原来自己也可以当歹徒，原来自己就是那个班长和甲门女人想抓的歹徒，原来自己也不是人，原来歹徒就在自己的体内！

“我他妈不是人！”余力在心中怒骂。

余力真想纵身一跃，将那男人扑倒在电梯上，自己取而代之，尝一口“沙田柚”，但余力强行克制住了，余力并没完全失去理智。余力使劲猜想他们可能原本就是夫妻，那个男的可能就是班长所说的A级男星，何况如今女人已是商品，女人是要用钱来买的，真柚子和真葫芦还要用钱买呢，何况肉柚子和肉葫芦？余力心有余而力不足，余力没钱，余力月薪才八十八元整，连零头都没。

余力想哭

余力很清醒，余力能推算出八十八元可买到什么货色的柚子和葫芦。

想到钱余力已经清醒一半了。余力接着使劲往更美好的方面想，余力想肯定是他们作为夫妻或朋友，几月、几天、几小时没见面了，见了面就要亲热，就要品尝彼此的舌头，就要尝尝鲜，而家里既有老人又有孩子，便在电梯的黑暗中举行那套仪式。

余力甚至试图去恨那“沙田柚”，余力想那两个“柚子”一定特酸、特辣，是芥末味的。余力想“沙田柚”的屁股之所以一高一低肯定是小时偷了东西，被她父亲的巴掌打小了一边。余力快乐地想如果这个女人挂着一又二分之一的屁股穿着高跟鞋走路，那将是何等的别扭，何等的现眼！

余力想着想着，就基本上想通了，“核武器”也想通了，卸下了发射架。

只有一点余力想不通，就是为何这一对夫妇（情人）在他的眼前、在灯还亮的时候就开始吃果子，岂不是不把余力放在眼里、不把余力当人吗？”我是人吗？”余力又拍着脑门问。

这一拍拍出了清醒，原来余力压根就不是人，余力是开电梯的。

余力这才发现自己是属于电梯的，是电梯的一部分，是楼的一部分，是楼梯的代用品，没有电梯便没有余力，没有甲门也就没有电梯，没有“三通”也没有余力，“三通”没问题时更没有余力，余力本不是人，是电梯，而且是一个破电梯的一个部件。

活的部件。

余力终于不得不承认自己不是人了。是人能没有名字吗？甲门上上下下几百号人天天乘坐这部电梯，天天与余力见面，有一个叫得出我余力名字的人吗？有谁问过我余力的名字吗？有谁知道我是从衡水没楼小镇百里迢迢来开电梯的吗？

没有。

余力彻底想通了。

彻底想通了的余力就在黑暗中昏昏地睡去了，连同他的“警棍”和“核弹”。

这时灯突然大亮了，穿中山装的男子迈着方步、擦着嘴，向十三层楼口走去。

梯中只剩下了睡倒下去的余力和刚被那男人褴褛了衣衫的“沙田柚”。

她自己按了一下十八层的按钮。

31. 只有我配当歹徒

接着余力又在同样的时间经历了以上同样的过程，只是电灯未熄，只是看得更清楚了。

他知道那两个男女在偷情，跟电视上一样地偷情，因为他们根本就不住在同一层楼上，因为他们虽然在电梯内轰轰烈烈，一下电梯就逃之夭夭。

余力怀疑那个穿中山装的男人就是那位马桶局的局长，因为他就住在十三层楼上，而且从未声称是局长什么的，没声称是局长什么的不就是局长本人吗？

余力想过来想过去，既不敢肯定这个人就是局长，也不能断定这个人不是局长，因为班长的确说过C级女星有个A级男星做朋友。

他会是那个A级男星吗？他长得又不像歹徒啊！那么歹徒——藏在楼里的歹徒——到底是谁？

可能是那位“局长”，因为一个局长在电梯内偷吃“柚子”，偷摸“葫芦”，不就成了歹徒了吗？那个有着大姨子、大舅子的局长！

“局长”可能是局长，“局长”可能是歹徒，也可能是明星，或者既是局长又是明星又是歹徒！

余力想不通了。

又经过了几次同样的事后，余力终于想通了，余力发现“局长”永远是“局长”，不管他是真的局长还是假的局长，是真明星还是假明星，或者真假明星和局长都不是，但他永远是局长和明星之中的一个，因为他住在京城，他住在乙楼，他住在乙楼甲门的十三层楼上，只要是住在这层楼上的人，不是局长就是明星，再不就是处长、处长候补，却永远不可能是歹徒，而有可能成为歹徒的只有一个人——余力！来自衡水的余力！单身的、没钱娶老婆的、每月挣八十八元钱的、满脸青春绿痘的、裆里揣着“核武器”的余力！

余力不当歹徒谁当歹徒？歹徒不当强盗谁当强盗？”局长”有钱、有老婆、有车、有楼，有十三层好住，有女人的“柚子”好啃，还用当强盗、当歹徒吗？

男星用当歹徒吗？

女星用当歹徒吗？

“沙田柚”有十八层好住，有电梯好乘，有电视好上，有追星族崇拜，还用当歹徒吗？

还值得当歹徒吗？

还配当歹徒吗？

只有我余力配！

只有我余力没钱没老婆没地位没身份，连住的地方都几乎没有，我不是歹徒的嫌疑犯谁是？我不当歹徒谁当？人家丢了东西不怀疑我怀疑谁？人家老婆被偷吃了不怀疑我怀疑谁？……我……我他妈还能活吗？

余力安抚着裤裆中湿漉漉的“核武器”，在心中抽泣。

32. 余力想当太监

余力想当太监。

余力到处打听局长家除了司机和姥姥，是否还需要太监。班长说他想搞封建复辟，余力说：“我他妈不管复辟不复辟，反正我想当太监，我要放弃‘核武器’，我想要和平。”

余力是实在受不了目睹“局长”在电梯内偷吃“柚子”才想出这个解脱的方法的。余力管不住“核武器”，余力镇不住“警棍”。”核武器”和“警棍”根本不受他脑中理智的支配，总是在“局长”吃“柚子”时笔直地立着，总是想发射卫星。

余力心有余而力不足，余力做不了它们的主，于是余力便想放弃“核武器”，想丢掉“警棍”，想谋求和平，想当太监。

余力痛恨自己的父母缺心眼儿，没在他生下来时就顺手割掉“两弹”，就拔掉“火箭”，就给他平和，心的和平。要不就甭在衡水生他，要不就甭让他长这么大，要不就甭让他开电梯，最起码甭让他在别人吃果子时开电梯。

“如果世界上的男人都成了太监，这个世界就太平了。”余力想。

余力坚定地认为世界上之所以没有和平，就是因为大家都不是太监。余力知道有一本书叫作《战争与和平》，其中的“战争”便是没当成太监的男人们搞的，他们肯定都是像余力一样的没钱没老婆却满脸青春绿豆的男人，他们不开电梯了就去打仗，反正死活都是发泄，死前不能发泄不如先死后发泄。

那个“和平”一定是放弃了“核武器”和“警棍”的太监们制造出来的。因为他们已经不再想吃“柚子”了，他们可以在别人啃柚子皮的时候平心静气地开电梯了，他们的心永远是平静的，即使他们没权、没钱、没长相、没地位。

他们也当不了歹徒，歹徒大多是装备“核武器”的，歹徒当不了英雄，便只有当歹徒了，但歹徒不会是太监，当了太监就有皇宫好住，就有剩餐好吃，就有宫女好看，哪还用去当歹徒？

余力想来想去还是认为当太监好。当了太监最起码能缓解眼前在电梯内“核武器”在“局长”吃“柚子”时跃跃欲试的燃眉之急，最起码能有瞬间的太平。

但班长断然否决了他的提议。班长说90年代的中国男人绝不可以再当太监，绝不可以给社会主义抹黑，随后班长送给他一本《道德经》，还让他学做和尚。

班长说90年代流行《道德经》，也提倡和尚心态。

于是余力便在开电梯时默念《道德经》。没想到这一招还真奏效，过不多久，余力不论“局长”和“沙田柚”在电梯内如何男盗女娼，都能心如止水了。

二、余力下岗

1. 大姨小姨踢人

局长的大姨下岗时余力没想到要下岗，局长的小姨下岗时余力也没想到要下岗。

因为余力那时压根儿就不晓得什么叫作下岗。

局长大姨下岗后十三层楼里少了一个早晨抢电梯的，局长小姨下岗后十三层楼里少了一个晚上抢电梯的。

她们有可能根本就不是局长的大姨小姨，但她们又那么像局长的大姨或小姨，因为她们每天与别人抢电梯时，不仅用高跟鞋横着踢人，还爱大声吆喝：“你他妈的挤谁呢？！”

2. 大姨小姨还骂人

直到局长的大姨子和小姨子也下了岗，余力才醒悟到十三层出事了，余力才感觉到天就要塌了，因为十三层白天在女人多了之后一下热闹了起来，十三层一下“坐大”起来了。

自从局长的大姨、小姨、大姨子和小姨子们不再上班之后，十三层就变成了巴尔干式的火药桶，弄得电梯一到十三层就再也不敢往前走了——连余力给油门都没用。电梯一到十三层就像电影《青松岭》中的大青马一样，耳朵从根部竖起，会受惊。《青松岭》里的那棵老歪脖子树因为可憎而惊到大青马，余力开的“三通”电梯到十三层就不敢再往前爬是因为惧怕局长的大姨、小姨、大姨子、小姨子们发出的刺耳的叫声。

她们整天冲着楼梯口大喊：“凭什么叫老娘下岗——啊？”

她们还“操！……”

3. 余力并不善

以上都让余力扛过去了。

余力采取的方法是一到十二层就赶紧踩闸。”三通”电梯原本无闸，是余力用智力加上去的。余力在公园里跟老太太学过香功，他想让电梯猛然刹车时只要意念一动，就能让那成吨重的电梯戛然而止，准准地停在局长大姨、小姨、大姨子、小姨子扯着脖子大喊不该让老娘下岗的那层楼口的边缘。

余力挺恶心的。

余力并不善。

从衡水来的、长着满脸青春绿痘的、裤裆下暗藏着“两弹”“核武”外加“高压警棍”的余力。

可爱的、开电梯的余力。

4. 我原来不是太监！

后来余力才意识到了事态的严重性——当局长的大舅子、小舅子，连同小舅子的XYZ亲朋好友们，以及他（她）们的宠物们都鱼贯地跟着下岗之后。

十三层楼一下就因为人多下沉了。

十二层住户们刚装修好的灯饰眼看着因为十三层人太多、太沉而一天天下坠，十二层楼的人们感到了空前的压力。

十四楼也跟着下陷。

只因十三层楼上的人都下岗了。

后来余力和十二、十四层楼的住户们从报上读到了十三层楼的人全部下岗的原因，原来是马桶局在精简机构的运动中被解散了。

十三层楼上的那位马桶局局长成为平民了。

因此，马桶局局长的大姨、小姨、大舅、小舅以及由此而产生的一切“后果们”也都跟着一系列地下岗了。

因为她（她）们原来也都在马桶局任职。

大舅任局长助理，小姨任部食堂的大厨……

十三层在下沉；

十三层太沉；

十三层太臃肿了；

十三层要倒了。

余力不懂，“核武器”也不懂。

余力实在不忍心看着十三层的人们整天在楼上唉声叹气，就又想去当太监了。

因为太监不会下岗，也不会失业。

因为太监自从被阉的那天起就有了终生的职业保障，就定向抱上了铁饭碗。

想到这里的余力脖后嗖地窜过一缕凉气，因为他突然意识到了自己的缺陷——自己天生就不是太监，而且后天也没被阉割，自己胯下还隐藏着“北约”的“核武”，而这一对“核武”就是不是太监的象征，就是没有铁饭碗的提示，就是有可能要失去只有太监才会有的终生职位的不祥的征兆！

我他妈的原来不是太监！

我也可能下岗！余力在心中偷偷地呐喊。

5. “下岗”不是“下班”！

接下来十二、十四层以及全甲门和全乙楼、全丙区的人也陆陆续续地有人跟着像下公共汽车似的下岗了。

甲门在上班时间内顿时爆满了。

甲门热火朝天起来，跟50年代似的。

余力开始有些不安了。

使余力开始不安的是“沙田柚”好像也下岗了。”沙田柚”的两峰巨乳在转眼间就变得异常硕大起来。余力听说是由于“局长”下岗了，下岗后一直无理由再坐电梯下楼，一直不能与她在电梯内邂逅，一直无缘再在余力的注目下压迫那两粒巨柚，它们就双双恶性膨胀，就一发而不可收了。

余力开始有点慌了。

班长从外面带回了最新的动态。班长说眼下社会上该下岗的都下岗了，连那些一腿在岗上一腿在岗下的人也下岗了。班长使用以下几个例子说明了外面下岗的实况。

班长说连诗人们都下岗了。

班长说以前给一个死人整容需要三个半人，眼下一个半人就够用了，剩下的那两个下岗。

为了安慰有几分发慌的余力，班长又举了几个不但没下岗，反而上岗的例子。

班长说女人上岗了，尤其是会按摩的女人。余力问往哪里按，摩什么？班长并没理会余力。班长最后说你小子就等着吧！

虽然班长并没明说等待余力的是下岗还是上岗，余力还是按照下岗去理解了。

但是余力还是极力使自己镇静了下来。

因为听清班长意思的余力此时反而并不十分担心自己下岗了。

余力犯了一个十分职业性的错误——余力将“下岗”误解成了“下班”。

每天开十个小时电梯的余力每到该下班时就想到要下岗，就要将开电梯的岗位让给下一班的小赵、小钱、小孙和小李。

开电梯的管上班叫“上岗”，管下班叫“下岗”。

所以余力在听完班长关于下岗的一番描述后就兴冲冲地下岗——下班了。

余力恢复了平静。

6. 五人同开一部电梯

再一次使余力稍有不安的是小赵、小钱、小孙、小李与他抢着开同一部电梯——在同一个时刻。

小赵（钱、孙、李）与余力不同，他们都去过外面的世界，都先后了解了社会上关于“下岗”的真实的解释，就一个接一个地慌张、荒唐起来。他们同余力抢开电梯，他们在本不该上班的时候也来上班，他们在本不该上电梯的时候也上电梯。

这下就热闹了。

甲门的电梯里有五个开电梯的，而且还抢着问乘客：

“您上几层？”

“十三层。”

客人一回答，十只手就像声讨美帝国主义一样同时高高举起，向十三层按钮伸去。

客人奇怪。余力更奇怪。

有时一下来了很多的客人，电梯门开后，客人们望着电梯内五个虎视眈眈不肯下来的电梯驾驶员，你看看我，我看看你，谁都不敢带头跨上电梯。

余力与四个人同时开电梯十分地不自在。

因为余力以前是坐着开电梯的，是可以睡觉的，是可以看书、看报、看电视——他把电视搬上了电梯，是可以想心事、想家、想老婆、想“沙田袖”、想如何发射“核武”的。

余力以前在电梯里可以抠鼻屎，可以小便……

总之，以前方寸大小的电梯是余力的天地，是余力的家，是余力的窝，是余力的世界和宇宙。

但是，自从班长将外面十分精彩的下岗故事带回电梯后，自从小赵、钱、孙、李都争着与他抢开同一部“三通”牌电梯后，余力就——

没戏了。

余力不懂，余力不明白。余力脸上的青春痘也被憋绿了。怎么了？不就是下岗吗？

来自衡水的余力；

每天都“下岗”一次的余力；

每天都期盼着“下岗”的余力；

每天都一个箭步飞奔着“下岗”的余力。

余力不懂，不明白。

7. 美国人还在傻笑

有一天甲门来了个美国人，碰巧那天电梯只有余力一人开。

美国人在一楼等电梯。电梯门开后，美国人便看见了端坐在电梯里的余力。

美国人先是愣了一下。美国人有生第一次看见坐着乘电梯的。

然后美国人就站在那里不动了，他想先等余力从电梯上下来，然后再走上电梯。

美国人也知道“先下后上”的规则。

但余力只是看着美国人傻乐，就是不从电梯上下来。

美国人也陪着乐，但还是在原地站着不动。

半小时过去了，余力还是没从电梯上下来，还是纹丝不动地坐在电梯上，并且招呼美国人上去。

美国人这才一小步、一小步地试探着走上了电梯。

美国人一上电梯就将手伸向了电梯的控制盘，想按十三层的按键。

他的手却被余力推开了，余力抢先按了十三层的按钮。

电梯向十三层急速驶去。

美国人还在傻笑。

余力也在傻笑。

美国人边笑边在心里嘀咕：“这个中国人为何不下电梯？为何这么热情地帮我按电梯的按钮？我如何才能摆脱他？”

余力边笑心里边打鼓：“这个老外为何跑到这里坐电梯来了？老外手上的毛真多！老外也来吃‘沙田柚’来了？平生第一次这么近看老外，怎么有一种与老虎关进同一个笼子的感觉？”

余力边笑边盼着电梯赶紧到十三层。

美国人也有同样的想法，美国人知道中国人多数会气功，担心与余力在一个电梯里待长了会发生危险。

两人急着、盼着，在期盼中电梯终于就要到十三层了。正当二人同时准备抢先冲出电梯的当口，电梯突然停住了。

电梯停在了余力平日总爱踩急刹车的十二和十三层之间，再也不动了。

而且电灯、电扇同时失灵。

电梯内一片漆黑。

伸手不见五指。

余力和美国人……

8. 美国人撒丫子逃窜

四小时后电梯终于恢复了正常，缓缓地停到了十三层楼上。

美国人大叫一声窜了出去。

余力原本也想窜出去，却猛然想到了开电梯的职业道德，怕电梯在没人的状态下失控，就留在了电梯内。

美国人回头见余力根本没有要走出电梯的意图，就进一步推断出这个人压根儿就不是与自己同乘电梯到十三层楼的乘客，就更增强了对余力的怀疑。他撒开大丫子，朝十三层楼朋友家的门口以百米冲刺的速度冲去。

9. “快来人啊！”

两小时后美国人在中国朋友的陪同下又走回了电梯。

电梯门开后，美国人差点吓昏了过去，他看见了仍然坐在电梯中等待他到来的余力，大叫一声：“Help！”（快来人啊！）

中国朋友一把拦住了想夺路而逃的他，问他这是怎么了。

他指着余力，用颤抖的声音说：“What he is doing here？”（他老在这里干什么？）

朋友是外语学院毕业的，却没听懂他的问题。在美国人将同样的问题重复到第三遍时，朋友才看了看美国友人，又看了看余力，用美国话反问：“难道你们俩……认识？”

美国人就说这个人原本是同我乘同一部电梯上来的，与我在电梯中共度了四个小时，在黑灯瞎火中乱抓，电梯恢复正常后他不但一直留在电梯中不下来，而且还一直坐着。

“因为他是电梯的 Driver（驾驶员）啊！”朋友皱着眉头说。

“他……他是电梯的 Driver？”

美国人越听越糊涂。

余力没听明白是怎么回事，也越看越糊涂。

美国人的中国朋友恍然大悟，他去过美国，在美国根本就没有专门开电梯的职业。

“是，他的的确确是这部电梯的 Driver！”他耐心地解释道。

美国人坚决不信。美国人一直以为中国人民是吃苦耐劳、聪明智慧的人民，是伟大的人民，并且有着长达五千年的悠久历史，美国人坚信凭着中国人民的才智完全能够按照数字的指示操作电梯的键盘，并安全准确地到达想要去的楼层，用简单的话说：“每个中国人都应该会用电梯。只要不是残疾人，中国根本不需要专门开电梯的人！”

朋友这才彻底明白美国佬的意思了，朋友本来想解释不是中国人不会开电梯，而是因为中国人不会开“三通”电梯，开“三通”电梯需要智勇双全的超人。

但话到嘴边，朋友又原封不动地将那些话咽回去了，因为朋友想起并不是开所有电梯都需要智勇双全的超人。开美国产的电梯就不用，美国电梯是专为傻子设计的，“三通”电梯之所以需要驾驶员，是因为“三通”是国产的，而且是国产电梯中的伪劣产品……

朋友想说这些，却难于启齿，因为这位美国人是第一次来中国，第一天到北京，怎么能告诉他“三通”是中国人造的，是次品，因为它是次品，才需要这位开电梯的先生（他不知道余力的姓名）……

“你们他妈的嘀咕什么呢？”在一旁坐着的余力终于不耐烦了。

“没事，他只是问你是干什么的。”朋友低头应道。

“那还用问，我不是开电梯的吗？！”余力站起身来厉声反问。

美国人一看余力站起来了，就腾的一下跳了出去，也没管电梯停没停。

10. 都来参观开电梯的

再后来法国人来了，日本人来了，英国人、意大利人和德国人也都纷纷来了。他们用多种八国联军专用的语言指着余力向他们的中国陪同提出了同样尖锐的问题：

“他究竟……是干什么的？”

他们的中国朋友们照例在没解释“三通”的特性的情况下回答说：“他……是……开电梯的。”他们的回答照例在来访的国际友人中引起了骚动，引起了国际性的注目。国际友人们冲着余力举起了相机，国际友人们有的甚至来京后不再去长城和十三陵了，说那些中国人的发明在电影上都看过了，就是没看到过传说中的余力开电梯的奇迹……

余力在莫名其妙中成了名人和观光景点。

开电梯的、衡水的余力。

只有印度友人不这么看。印度友人根本不把余力开电梯的事看成只有中国人才能创造出来的智慧性的发明，据印度人声称：在印度，一部电梯要十来个人才能启动。

工资特高、人口特少的瑞士人也发表了独特的看法。瑞士人说，如果瑞士的每部电梯都要专用一个人开的话，不仅瑞士的街面上再也看不到人了，而且上电梯的每人需交至少一百瑞士法郎的门票，那样安装电梯的楼才能在财政上持平……

以上议论都是用外文进行的，余力始终只是跟着傻乐，一个字都没听懂。

他脸上仍绽开着满脸青春的绿豆的花。

11. 一定要占住茅坑

有一天一个美国人的甲门朋友一五一十地、耐心地向余力解释了为何每位外宾都想与他合影留念的原因，朋友说：

第一，外国（除了印度）没有专门开电梯的。

第二，开电梯压根儿就不算是个职业。

第三，当妓女是可以传代、可以继承的，但开电梯则不能，你听说过哪个开电梯的上一辈人也是开电梯的吗？

第四，革命事业的确需要继承人，但电梯事业则不，一旦“三通”停产了，开电梯的也就绝代了，如同北京的“面的”似的，风风火火而来，哪一天说没用了，就一齐回炉销毁。

开电梯的人也一样，哪天也可能被一同回炉。

第五，下岗是时代潮流，连美国人该下的也要下，何况中国开电梯的。开电梯的如果是女的，下岗后还可以搞点三陪什么的，但余力就困难一些了，女的去三陪了，还需要余力去陪她们吗？何况余力青春乎乎的，陪谁会吓着谁。

第六，摆在余力面前的唯一出路就是与“三通”同生死共患难，留得“三通”在，不怕没柴烧，何况余力还有青春可烧呢！

总之，“三通”——不正常的“三通”，是余力的命根子，是余力革命的本钱，余力不该下岗，余力要留口饭吃，但先决条件是“三通”必须有饭吃，必须占住甲门这块阵地，用俗话说，就是要站住甲门这个茅坑，不仅要占住，而且要拉出屎来，那屎不能太软，也不能太硬，是屎就行，但一定要臭，一定是真屎……

12. 余力上吐下泻

听完那位美国人的甲门朋友的一席话后余力大病了一场。

余力上吐下泻，余力痛哭了三天。

余力十分受打击。

余力这才搞明白“下岗”并不是指下班，而是失业，而是丢饭碗。

13. 专替人饭后打嗝的

余力这才明白自己一年来从事的是这样的一桩事业：

是专替人拉裤子拉链的；

是专替人便后冲水的；

是专替人饭后打嗝的；

是专替人产后放屁的。

余力不仅在做替人拉裤子拉链、替人便后冲水、替人打嗝放屁的工作，而且余力还是职业性的拉别人的裤子拉链、冲别人便后的水、打别人饭后的嗝、放别人放不出的屁，这竟然是余力的职业，不仅是余力一个人的职业，而且还是其他几个人的职业，包括电梯班班长。

余力这才醒悟到自己是在从事着一桩前无古人后无来者的工作，而且它本来就是一桩多余的、本不应该存在的工作。

在民国好像没人专开电梯，因为那时的电梯大多是洋人造的；

在清代没有；

在明代更没有。

余力是被班长悬挂在20世纪末的“三通”牌国产电梯上了。

余力本是多余的；

余力本是无用的；

余力本该下岗。

因为那个岗位——开电梯的岗位——本不存在。

14. 我是多余的力量

这时的余力才真正认识到自己的命运。

局长、副局长真的可能下岗吗？局长的岗位自打盘古开天就有，不过以前人家叫尚书、叫侍郎。局长永远不可能下岗。

局长的大姨、小姨、大舅、小舅、大姨子、小姨子们更不可能真下岗，只因局长本人不会真下岗。

连歹徒都不可能下岗。如果歹徒都下岗了还要警察干嘛？所以警察为了不下岗一定要留住最后一任歹徒。

美国人会下岗么？

法国人会下岗么？

德国人会下岗么？

可能下，也可能不下，但有一点余力可以肯定，就是美国、法国、德国开电梯的永远不会下岗，因为他们压根儿就没上过岗。人家那里没人干我这行，人家的大专生和懂英文、懂电脑的只会坐电梯，却不会开电梯。

我的同乡河北的骆驼祥子会下岗吗？——如果他能活到今天，也像我一样在这个年代进京打工的话。

绝对不会。今天的祥子们都在开“面的”，开不成“面的”还可开夏利，而且人家祥子的心中还有个虎妞。

虎妞当初看上了祥子，是因为人家祥子干的是一门与交通有关的职业，虎妞的爹与祥子是同行，是开大车店的。

你听说过有专门开电梯店的吗？

我是多余的力量。

我是余力。

余力想。

15. 连太监都有后代

有一天晚上余力喝多了，从电梯的门缝中眺望着甲门外大街上如梦般璀璨的灯火和在灯火中招展而过的倩女的如花般的身影发果。

为了保住八十八元的工资，余力从不在灯火中上街，也从不敢注目街上走过的女郎。

余力想等攒够钱后能娶得起媳妇时再看，再仔细地、慢慢地挑。

但眼下他就要下岗了。

回衡水去吗？

听说那家假酒厂被打假办勒令关闭了。

去“三通”厂当工人吗？

凭自己这身驾驶“三通”的绝技倒不是不可能，可听说“三通”马上就要倒闭了，因为中国马上就要入关，中国一入关“三通”立即会被停产，因为美国人的电梯马上就会到来，美国人的电梯一来别说大专生，就连博士生也可能轮不上开电梯，因为美国电梯根本不用人开。

要饭去吗？

想到这里余力兴奋了一下，要饭倒是一份自古就有的职业，而且不用大专文凭。

但余力不会。衡水人会产假酒、会生余力，但就是不会要饭，横竖都不会要。

衡水人都是汉子，都是如余力般用“核武”装配起来的硬汉。

余力又想到了祖先和后代的问题。

至今还没有哪个人的爹是开电梯出身的，难道自己能让自己的后代——如果能有的话——说他爹是开电梯的吗？

恐怕不能。因为很可能后代还没来，美国人做的不用人开的电梯就会来了。也就是说，眼下自己干的是一桩祖宗和儿孙都不承认的过渡时期的过渡性的工作。

算了，先别为后代想，还是先想想自己眼前这个饭碗吧！

丢了饭碗自己这辈子还会有后代吗？

可能有，连太监都有呢。

望着流星般辉煌的京城的夜色，酩酊的余力想啊想，想啊想，他想着媳妇想着娘，想着想着就昏睡在了电梯上。

在天快亮的时候，余力在半睡半醒中终于想到了一条求生之路和一条一直想不通的道理。

余力想出的唯一的一条求生之路就是让“三通”永远在甲门坚守阵地，像上甘岭一样，绝不能让以美国为首的北约占据，这是其一，其二是绝不能让其他几个人——包括班长在内——与自己同开一部电梯，要自己独立占据上甘岭，也就是说既要消灭外来的美国鬼子，也要让战友全部牺牲，这样才能独开“三通”，才能守住这八十八元的自己今生唯一胜任的岗位。

才能永不下岗。

想通后余力就开始行动了，只见他猛地将电梯提速，向地下三层直驶而去……

带着世纪末绝望的怒火。

16. 他独霸住了电梯

一个月以后京城西区乙楼甲门的“三通”电梯便只剩下余力一个人开了。

其他的几人，小赵、小钱、小孙、小李，连同班长都纷纷下岗、纷纷调动或纷纷卷铺盖回老家去了。

因为这时甲门的“三通”电梯就只有余力一人能开，就只有余力一人能驾驶了。如同《青松岭》中的大青马一样，它只听钱广——余力一个人的话了。”三通”一到别人手里就惊，就失控，就有发生车毁人亡事故的危险。

原来余力在那夜想通后先用极猛的速度将电梯上下驱动了上百次，又在电梯的速度达到极限时拉动了上千次手闸，再用水将“三通”灌到半人深，然后用高压警棍的两极将“三通”的电路系统全部击残，最后再换上只有余力才知道何时会断的电阻丝……

这样一番处理后别人就再也不敢开“三通”了。

自此，甲门的“三通”不见余力不走，甲门的所有居民在余力本人不在电梯里的情况下没一个胆敢把脚放到“三通”上，连悬空放上去都不敢。

组建了一年多的甲门的大专电梯班——连同班长——就这样解散了，只剩下余力一人。

余力的岗位保住了。

余力再不用担心在本世纪内下岗了。

衡水来的，长满了青春的、熟透了的绿豆的，未婚的余力。

坦然的余力。

又一次心如止水的余力。

心有余而力不足的余力。

17. 北约电梯何时来

世纪末的那天，当余力在电梯内与那个他原来以为是“局长”，现在可能已是处长的，摸过“沙田柚”的胸脯的男人见面时，余力见四下没人，便急切地小声问他：“局长，以美国为首的北约的电梯到底什么时候来啊？”

“局长”见四下没人，也小心谨慎地回答：“你怕什么？以美国为首的北约人即使真的来换电梯了，还不是要先坐以你为首的中国人开的电梯上去吗？到时候你知道怎么开不就得了。”

听了这话的余力放心地笑了。

他又稳稳地将屁股坐回到“三通”电梯中那只冰冷的铁板凳上。

柴六开五星WC

关于柴六：柴六是余力在丙市的远房表哥，所以余力姓“余”，而柴六姓“柴”。余力从事的是用电梯运送马桶的事业，而柴六呢？他开的是厕所。

第一章

1. 他本是拉大提琴的

柴六在开五星WC之前是拉大提琴的。

他是在丙市的市属交响乐团里拉大提琴。促成柴六开厕所的原因之一是交响乐行业的不景气。

其实当80年代初柴六刚从音乐学院毕业，刚加入交响乐团的时候，交响乐行业还挺景气来着。那时似乎谁听一回交响乐谁就能升华一下，所以听众特别的多。尤其是年轻人，尤其是大学生。

那几年柴六本人也感到自己的职业挺神圣的，虽然他在任何交响曲中都没拉过主旋律，虽然别人忙着拉、弹的时候他总是闲着，虽然他经常在他的那个位置上当B角（备用演奏员），虽然他往往是在交响乐结束的时候才匆匆拉上几下；但80年代的他好歹是专业的乐团演奏员，好歹那时的交响乐属于崇高的艺术，所以80年代的柴六总的感觉是比较高雅和崇高的。柴六虽然不是丙市乐团中的著名演奏家，但好歹也是曾为热心的听众签过名的演奏者。

尽管他的字不好；

尽管找他签名的那位听众并不识谱；

尽管那人之所以找他签名是因为别的艺术家们当时都正忙着为别的听众签名，那人除他之外要等好长时间才能签上名。

但好歹柴六还是签过名的，还是崇高过的。

他签名的那个时候大约是冬季。

2. 被BP顶替了的交响乐

交响乐行业是90年代初开始不景气的。

交响乐行业不景气的主要原因是客源问题。

十年之后当初那些年轻的听众都忙了起来，没时间听最短两个钟头的交响乐了；十年之后那些原本年长的听众不是退休了，就是下岗了，而退休和下岗的人既然不再需要激情，也就没必要再听交响乐了。

因为大多数交响乐是煽动性的。

BP机的普遍应用也对交响乐不利，因为交响乐原本只允许台上有动静，BP机一响就真的成了“交响”乐了。

从这层意义上说交响乐是只允许台上有动静的“单响”音乐。

摇滚乐才是舞台上下“交响”的音乐呢。

西式交响乐就是这样被挤“下岗”的——被BP机们。

交响乐的保守性也是该行业不景气的原因之一。

90年代的流行歌手们一般一年就将自己重新包装一回，推出另一部分新曲，换上另一种嗓子唱，而交响乐偏偏奏不出新意来，老是在原位上徘徊。

80年代的人听了“贝九”“柴六”后还愿听第二遍，交响乐队还有回头客。

90年代的人听了“贝九”后就想听“贝十”“贝十一”；听了“柴六”后，就想听“柴七”“柴八”“柴一百”……所以当他们听不到“贝十”或“柴八”……时，便放弃交响乐，改听BP机了。

人们已没了耐心，已没时间崇高。

失去了有耐心、追求崇高的听众的丙市交响乐团也就随之不景气了，而作为丙级大提琴演奏者的柴六也就没字好签了。

以上是柴六开厕所的背景。

3. 为何敲锣打鼓的总拿特等奖

对大提琴演奏者开厕所起最直接推动作用的是交响乐团的效益。

对他来说交响乐团的效益太差。

尤其是在该团被乐队指挥承包之后。

乐队指挥承包了该团后的第一个重要改革措施是将每个演奏者的实际付出与收入挂钩——按照“多劳多得”的原则；而衡量实际付出的方法是根据每个演奏者在演奏每个交响曲时的实际“繁忙度”得出的。

指挥按照繁忙度来分配奖金的根据是：

工人按完成的件数评奖；

农民按产粮的吨数评奖；

医生按开药的总额评奖；

……

那么作为工人阶级一部分的艺术工作者也应按上场时的繁忙程度来评奖了。

于是按照“繁忙度”评奖后：

指挥总拿头奖，小提琴、钢琴独奏的总拿二等奖，吹号的总拿平均奖，敲锣打鼓的那位则总拿特等奖。

敲锣打鼓那位是指挥的大舅子，而指挥又惧内，所以他在选择作品时总找锣鼓密集型作品演出，以致使多场音乐会中绝大多数听众回家后得出了“听交响乐跟听陕北大腰鼓没什么两样”的十分错误的结论。

因此丙市交响乐团的听众又少了一些；

因此全团除了指挥和鼓手外的平均效益又下降了一些；

因此作为大提琴手的柴六的真正效益就没了。

因为在台上他本来就是个闲人；

因为除了演奏柴可夫斯基的第六交响曲《悲怆》时他最忙之外，在以打击乐为主的交响曲中他无论如何都是拉配器的配角，而且还是B角；

因为《命运》一年最多只演一次；

因为人们已不再相信命运了……

于是他便萌发了转行的念头。

他要自己干主角，他要自己增加效益。

他要自己掌握自己的命运——通过增加效益。

以上是柴六开厕所的直接诱因。

4. 搞艺术的还缺钱花？

柴六终于下海了。

柴六下海的最终目的不是捞贝壳，而是捞钱。

站在海边的他起初十分困惑、十分迷茫，因为海太广阔，也太深了。他一眼望去，根本看不到钱究竟在哪片海水的下面。

他无从下脚，也不敢下脚。

于是他找到了胡思博士。

他是花钱才找到胡思的，因为胡思当时已在水下，是一家被俗称为“点子公司”的市场战略咨询公司的专靠出点子挣效益的市场战略家。

胡思在给柴六咨询前先问他是从哪个行业下海的。当他听清柴六曾是艺术界人士时，顿时用一种百思不解的眼神打量起柴六，那眼神的意思是为什么搞艺术的还缺钱花？但当他听到柴六是搞交响艺术的，马上就将那种眼神收了回去。

“您看我适宜做点什么？做废钢？做建材？还是与俄罗斯做罐头换飞机的易货贸易？”

柴六满脸谦虚地问。

“您不愧是文艺界人士，对商界缺乏基本常识，难怪人说隔行如隔山！”胡思先是感叹，后是谅解。然后说：“做生意、倒买倒卖已经是90年代初期的下海方式了，现在已到90年代中期，到了世纪末，已经没生意好做了，该做的生意已做完了，何况美国的废钢已全被运到中国，俄国的飞机已全部换成了中国罐头。

您现在下海，眼光一定要放远，要向世纪的另一头看，要做点跨世纪的、超越自我的大事！”

“这笔咨询费没白花！”柴六这么想，然后急着追问如何才能跨世纪并同时超越自我。

“一个字：开！”

“开？……”

“对！开！90年代初期的商业集中在一个‘做’字上，90年代中期的商业的精髓则在一个‘开’字。”

“开？”

“开餐馆、开工厂、开诊所、开美容店、开火葬场、开刀……都在一个‘开’字上了。要想在商场上坐大，要想跨世纪，要想跨着世纪实现自我，不‘开’点什么是根本不可能的事。你不要小看这‘做’和‘开’的一字之差，这两个字在商业上可有境界之别，前者是贸易，后者是实业；前者是价值的转移，后者是价值的产生。改革开放已达十多年之久，‘开放’的头一个就是‘开’！因此‘做’的时代已经过去，‘开’的时代已经到来；‘坐’车的时代已经过去，‘开’车的时代已经到来。像您这样蹭末班车刚到海边的，起点一定要高，起步一定要稳、准、狠。一定要学会‘开’，开、开、开、开！您听清楚了吗？你这个笨……”

胡思是个急脾气，尤其是见到连钱都不会赚的、搞艺术的人就更没耐心。他打心眼里看不上不会赚钱的艺术家，认为那种人是不务正业的笨——蛋。

“言之有理……言之有理！”听胡思点拨一番后的柴六更觉

有花钱咨询的必要，更觉下海的紧迫，更追悔前半生的虚度，白白地乱弹了十几年的琴，连青春都弹光了。他连忙问具体到他，此时此刻的、世纪末的他究竟要开个什么实业才能顺利跨世纪。

胡思并没有急于回答，而是先问柴六在乐队里具体是干什么的。他是在知道柴六弹的是大提琴，又仔细端详了柴六的面部一番，再从书架上取下一本厚厚的书反复翻查了半天之后，才正式、郑重地向柴六宣布他适合于开的是厕所。

5. 开厕所真能赚钱?

柴六在听清胡思的提议之后顿时大惊失色！令他吃惊的是：

（1）胡思脸上的郑重；

（2）咨询计时时间的临近；

（3）开厕所算是实业吗？算是经商吗？

（4）即使算是实业、算是经商，为什么不开别的，偏偏要开厕所？

（5）即使有开厕所的必要性，为什么胡思会认为自己适合开厕所，而且只能开厕所？他明知自己原本是大提琴手。

柴六用表情将以上疑问有次序地反应一遍以后，他万万没想到胡思在看清他的内心活动之后顿时目瞪口呆！

令胡思目瞪口呆的是：

（1）为什么都到世纪末了，柴六还会提出这种问题？

（2）柴六竟然连开厕所的必要性都看不出来；

（3）柴六竟然根本没有体会到开厕所的紧迫性；

（4）柴六的迟钝都因曾拉过大提琴。

眼看着付费咨询的时间以分秒逼近，又因当时胡思突然被一阵出乎意料的尿意步步紧逼，他便以最快的速度对开厕所的建议做了如下说明：

（1）开厕所之所以是经商，是因为它与开餐馆的商业程序是一样的，都要投资、雇人、收费，然后创造效益；

（2）开厕所也属消费行业，消费领域有上流、下流之别——以头部为界线，上流专负责吃、喝、看，由之产生出餐馆、酒吧、电影院、旅游等商业活动；下流则是指拉、撒、吐一类的废物处理工作。从目前我国总的供求关系来看，上流消费已全部饱和。拿丙市为例，近几年所开的餐馆和与吃喝有关的店铺已大大超过了解放几十年的总和以及丙市全部市民正常吃喝的极限。也就是说，即使丙市全体市民每日三餐都在馆子里吃，丙市餐馆的上座率也达不到50%。

“所以要开厕所，要向下流消费延伸，要缩小吃喝和拉撒之间的差距，减少进出口之间严重比例失调的现象，而从中赚钱。”胡思说。

“开厕所真能赚钱？”柴六的脑子此时也搞活了。

“你记住。我说的这句话是不收费的。”胡思先顿了一下，再用最大的毅力将口气放慢（此时他真憋不住了），“在商界、在海里，判断能否赚钱的尺度只有两个字，就是‘需求’。只要需求存在，就有利可图，就有钱好赚。需求越大、越急，赚钱的可能性越大。人可以连续七天不吃、不喝而维持住生命，但你听说过连续七天不拉、不撒还能挺下去的人吗？你瞧，这不是说着

如厕需求的紧迫性

说着我的需求就急迫地来了，我必须立即上厕所……”

胡思没说完就窜了出去。

胡思那天再也没回办公室，但他上厕所前脸上的迫切深深地打动了柴六，他目睹了人类对厕所的不可阻挡的需要。

于是他便下了开厕所的决心。

他那天回家后反复思忖为什么胡思是在看了他的相貌、查了书，并知道他是提琴手后才建议他去开厕所？他当时的确很想知道，但他付不起第二次咨询费。他甚至怀疑那天胡思急着上厕所是假的、是演戏，是为了诱导他开厕所才跑去上厕所的。但不管怎么说，反正他已决定开厕所了。

6. 柴六没疯

柴六决定开厕所后碰到的第一个问题是钱的问题。

他需要先投资、先投钱——往厕所里。

这个问题他起初并没留意，是别人提示他的。起初他无论如何也想不通为什么开厕所要先投钱。

“我下海的目的是捞钱，为什么一分钱还没捞上来，反而要向海里扔钱？如果我有要扔的钱，我还有必要往海里跳吗？何况那海根本就没边……”

柴六边在海边徘徊，边痛苦地思考。

不久他便想通了开厕所要先投资的道理，因为那是个硬道理。之所以是硬道理，是因为它是一条由不得你想没想通的道理。如果柴六拿不出钱来，厕所的大门将永远向他关闭。这是一个他想不通也必须通的道理。

于是他便要去筹资、去贷款、去借钱了。

柴六的确有许多亲朋好友，但柴六根本就无法产生向亲朋好友借钱开厕所的念头，因为那些人都知道他是拉过大提琴的。

借给拉琴的人钱从商业角度来看等同于乱弹琴。因此柴六想到了刘银。

刘银是柴六所认识的人中最有钱、最慷慨大方、最愿意将钱借给朋友，而且最不计较得失与否、偿还与否的人。因为他是专管放款的。

刘银在银行热情地接待了柴六。

“你没事开厕所干嘛？你疯了？！”他在听完柴六关于借钱开厕所的来意后开怀大笑。

柴六十分冷静。柴六先郑重地声明他并没疯，即使他有发疯的症状也不是出于本意。然后他反问刘银目前在丙市除了开厕所外是否还有别的可开发项目。

在刘银反复思索的同时他又将消费行业的上流下流产业之别、人类对吃喝拉撒的供求以及世纪末的丙市已到了不发展厕所产业不能顺利跨世纪的最危险的时刻等“胡思理论”原封不动地阐述了一遍。

他的话令刘银的笑声戛然而止，他的话令刘银茅塞顿开，他的话令刘银对柴六的价值做了重新评价。然后刘银便原则上同意给柴六的厕所贷款了。即便如此，对厕所放款刘银还有两个技术问题要解决。

第一是银根吃紧的问题。

“你要是早两年开就好了！”刘银满脸难色地长叹了一声后告诉柴六生不逢时；告诉柴六正赶上国民经济开始宏观调控，银行的银根开始紧缩；还告诉柴六如果是在两三年之前开厕所，别说一间，就是将丙市的所有餐馆都改造成厕所，让刘银放款也是无需眨眼的事情。

除了银根的问题之外，刘银面临的第二个技术问题是以何名义给厕所放款，也就是如何立项的具体问题。因为银行在银根紧了之后已经改变了对任何项目都放款的传统做法，对那些国民经济必要的项目可以放款，对那些根本不必要的项目已经暂缓发放贷款。

以上两个技术问题的出现要求刘银和柴六必须考虑以下两个问题：

（1）如何节省资金，降低贷款的实际额度。

（2）如何巧立名目，从而得到贷款。

柴六在沉思片刻之后，想出了针对第一条的对策。“实在不行，光开女厕所也行！”他兴奋地说，并补充说光开女厕所可以减少一半投资。

刘银听后开始既没表示赞成，也没表示反对。但过了一会儿他说柴六的这个提议虽然从节省资金的角度来看是个十分大胆而富于创造性的设想，但从厕所本身的功能运作角度考虑可能不符合中国的国情，更不适于推广。因为他与柴六都是男人，都理解在中国男人也是需要上厕所的，否则就会造成对丙市自然环境的严重污染。

柴六在仔细回味了刘银的话之后也承认刘银观察问题的角度比他深远，承认自己提出的只开女厕所的建议是一种十分短视的、急于求成的、不对丙市人民负责的做法。

只开女厕所的建议放弃后贷款问题的着眼点便集中体现到如何巧立名目一个问题上了。

问题一旦被集中，也就容易解决了。刘银刚把问题集中就迎刃而解了。

他在片刻之后就巧立出了给柴六要开的厕所（包括男部、女部）提供五十年贷款的最合理的名目。他将柴六提出的几点必要性和紧迫性又草草过了一遍大脑之后便毅然做出了以“本市精神文明建设跨世纪重大项目”的名义立项和以“紧急、低息、长期”的原则拨款的决定，并让柴六立即拿着他的条子去各个部门办理提款手续。

刘银的办事效率令柴六震惊！

刘银的做事果断令柴六钦佩！

他做梦也没想到工作效率已提到了如此高的程度！

他承认自己落伍了，也确认厕所开对了。

柴六办完提款手续之后才想起银行从来借钱都要利息的，就又紧张了起来，就又回头去找刘银。没想到刘银的一番话使他更紧张了。

刘银像是受到了莫大的侮辱，恼羞成怒地将他一把推出了门外，说：

“我一听你这话就一脑门子气，什么利息不利息的，你是不是在心里压根儿就没把我当朋友！你要是再这么客气我可真跟你急了！”

说完就砰的一声把门关上了。

拿了巨款回家的柴六晚上喝了六碗稀粥还觉得肚子里没底，就连夜给刘银家里去电话对白天贷款的事再次表示谢意。

这次刘银倒是给了他面子和报答的机会，说等厕所开张之后，只要柴六给他和他认识的人享受免费入场的待遇就可以了。

放下电话的柴六当晚得以安歇，因为他在一天中既得到了开厕所的贷款，又找到了厕所未来的第一批客户。他睡得特别香。

7. 厕所也要有来头

贷了款的柴六又去找胡思出点子，因为他已经有足够的钱买胡思的点子了。

在贷了款后的柴六的眼里胡思的形象已经打了折扣。上次来时他看胡思时总觉眼前发花，这次他预付完咨询费后再看胡思，胡思的真实面目一下子就清晰多了。

“你必须给我出几个像样的主意，否则我就立马到对面那家公司去！”柴六用贷了款的人特有的口气强硬地说。

经他这一强硬，胡思的点子一下就被挤了出来。

胡思告诉他开厕所除了资金之外，最重要的一点就是开厕所的背景。而背景就是后台，后台就是来头，来头就是靠山，靠山就是“谁开的”，“谁开的”就是所属单位，而所属单位的后面就是“人”。

“开厕所也要有靠山？也要有后台？也要有来头？！”柴六听后立即收回了高傲。

“废话！”胡思也恢复了本来的面目。

“你看马路对面的那个烧腊馆子，为什么生意那么火？你知道那馆子是谁开的吗？”

“……”

“是著名和尚开的！”胡思为他解答。

“你再看楼后那间殡仪馆，为什么生意那么火？你知道是谁开的吗？”

“……”

“是市曲艺协会开的！”胡思又回答道。

“你再看十字路口那个擦皮鞋的老头，你知道他后面的人是谁吗？”

“……”

柴六赶紧伸长脖子往擦鞋老头儿那边张望。他只观察了几分钟就发现了那老头儿的与众不同之处。他不仅发现那老头儿的眼神很有背景，擦鞋的动作很有来头儿，还发现从他身旁走过的人，不论男女老少，都无一例外地将鞋送上去让他擦。连穿凉鞋、布鞋的人都包括在内，而且被擦后都老老实实地给老头儿钱。

“这比抢钱都容易！”柴六顿感一股油然的妒意。

“你知道那老头儿是谁的爹吗？”

“谁的？”

“他儿子的。”看来胡思也不敢吐露实情。

胡思的三个例子终于使柴六认识到开厕所也必须有人做背景。

“除了背景之外性质也很重要。”胡思又告诉他。

“性质？”

“一定要办个合资的！”

“合资？”

“国营的准赔！”

经他这么一提醒，柴六便一下回想起了国营的丙市交响乐团和乐团的效益。即使该团后来被指挥承包了，效益也没被承包出来。

他马上同意将厕所定性为合资的。因为他不能走回头路，不能再回到岸上去。

因为目前他已经有了贷款。

“你去找这个人合作，既能合资，又能挂在他们单位的名下。”胡思从后屁兜抽出一张名片，甩到了柴六的眼前。

柴六将那张名片放在眼前仔细端详了一番，只见那上面密密麻麻地横竖排列了许多小字，像微雕《红楼梦》似的，就是不见那人的名字。

“那上面都是他的职位。”胡思在一旁注解。

“他的最高职位是市天文局的顾问，是个哲学家，而且在国外留过学，拿过学位，有过绿卡，算归国华侨。你的厕所挂上他的名字马上就能成为合资企业。其实他在天文局也是挂名的，他的真正来头比天文还大。至于他的真正来历……我也摸不大清楚”胡思神秘地说。

他的神秘使柴六立即联想到了UFO，因为又名为“不明飞行物”的飞碟好像也与天文有关，来历也不大明确。

这促进了柴六与那人的合作。在离开点子公司之前柴六又好奇地问胡思那人是在哪个国家留的学、在哪国拿的绿卡、是哪国的归侨。胡思满脸不耐烦地回答了问题后就急匆匆地窜出了屋子，不知是因时间已到，还是又急着如厕。

他的答案是伊拉克。

8. 谁想移民伊拉克？

那人姓“厉”，名“骇”。

厉骇是在百忙中抽空接见柴六的，对柴六不是很友善。他的话一出口就十分呛人：“这个胡思！什么人都往我这介绍，我又不是收废品、捡破烂的！”

听了这话的柴六脑海中顿时回响起了《悲怆》中与邪恶那段拼搏的曲调，他差点发作。

但他忍住了。他说：

“听说厉先生是从国外学成后在天文局任职的。”

“这……你也听说了？！”厉骇顿时像吞了一口鸦片。

“这还能瞒得住人？丙市大街小巷，男女老少、苍蝇蚊子、活的死的……谁不知道厉先生是个爱国归侨，是毅然放弃了国外优厚的待遇、良好的工作环境和最后的苦苦挽留后，才回来报效祖国的？！”

厉骇欣喜若狂！心说，他是怎么知道自己差点被当人质扣在伊拉克那段惊险的历史的？

“您在伊拉克攻读的是……”

“哲学！”

“那里的研究条件……”

“我就住在巴格达的古文化遗址里。”

“那种读书环境真令人羡慕！您回国以后还能适应国内艰苦的生活环境吗？”

厉骇脸上马上露出十分委屈的神情：

“咳，谁让咱是炎黄子孙呢！其实我早就急着回来了，都是让那次多国部队刮起的‘沙漠风暴’给耽误的。”

“您不后悔？”

“反正我有那边的绿卡，在伊拉克有永久居留权，啥时候想着再搬回去也可以。”

“您是研究哲学的，来天文局当领导不觉得屈才吗？”

“既然回国工作，就不能求全责备，况且哲学研究的对象是世界观和宇宙观，天文学是宇宙学的一个分支，我也算是个内行。这不，我正主持丙市下个世纪的气候预测工作。”

柴六心说不好，并下决心开完厕所后马上搬离丙市。

在气氛融洽之后，话题便从天文拉到正题——厕所上了。

柴六先说明了久仰厉骇在丙市的影响力，又因他是归国华侨，所以想请他与自己合资开厕所的来意。

听完后厉骇的表情恢复了严肃，然后告诉柴六他没兴趣与柴六合资办厕所：

（1）厕所属下流产业。

（2）哲学只研究宇宙的本体，是宏观的，还没具体到厕所。

（3）他的名片上已没空地再挂名了。

（4）他根本没钱出资。因为他的钱都存在伊拉克了，目的是为了保值。

柴六听完了厉骇的“厉四点”后，立即用“柴四点”将之一一驳回。”柴四点”是这样的：

（1）厕所虽属下流产业，一挂上厉先生的名字不就成上流产业了吗？

（2）名片正面不够用，难道不能用背面吗？

（3）哲学虽然目前不研究厕所，但难道不能发展吗？

（4）与厉先生合资根本就没指望厉先生出钱，银行是干嘛用的？即使厉先生的钱没存伊拉克、没保值，但能与银行的钱比吗？以后可能能比，但现在能比吗？

柴六唇枪舌剑，侃侃而谈，直令厉先生怀疑他是否是拉提琴的；即便拉过提琴，是否专心拉过。

柴六本人也为自己半月来的进步倍受鼓舞。不知为什么，自从有了贷款以后，他觉得在人前说话的底气比个人历史上的任何时期都足。尤其是比拉大提琴的那阵子足。

听完“柴四点”后的厉骇马上就同意出任柴六任股东和总经理的未来厕所的董事长了。

此时他们已成了一家人。

厉骇开始无话不谈。厉骇建议柴六的脑筋再放松放松，再搞活一点，不要一头扎在厕所的生意里趴着不动，要把生意做活、做开、做广，并问柴六对兼开移民公司有无兴趣，如有，他可以

谁想移民伊拉克？

帮忙。

“往哪移？”柴六来了神。

“伊拉克啊！我在该国使馆有熟人，在该国首都有最铁的哥们儿。”厉骇也甩给柴六一张名片，只见那名片上面印着阿拉伯文、英文两种文字。柴六吃力地读出了英文的名字。大意是：“萨·侯赛因。”

柴六脖颈紧跟着麻了起来。

“他……是你的哥们儿？”

“别说伊拉克，就连车臣、利比亚、南也门、萨拉热窝的签证也没问题。你如果有朋友或朋友的朋友想出国深造、镀金、移民，尽管说一声，我负责办签证。如果我们的厕所生意发了，我把你全家都办到伊拉克去，你要是急现在就办也行。”

“我还是先开厕所去吧！”柴六说完就一溜烟地逃出了天文局。

9. 他想用厕所拯救心灵

柴六跑得好辛苦，柴六跑得好惨。

柴六在一周内跑遍了整个丙市，进行厕所项目的实地考察和市场调查。

他不能打无准备之战。

调查的结果令柴六十分痛心，在调查之前他万万没想到中国的厕所发展水平仍处于如此低下的水平。

丙市的厕所市场令他万分失望。

他万万没想到作为著名旅游胜地的丙市的公共厕所竟然没有

一家附带抽水马桶设施；没有几家收费的，即使收费，也没有几家的收费水平达到国际水准。

因为他知道什么叫国际水准，他是从出过国的朋友那里掌握了国际水准的。

一个朋友告诉他欧洲的公厕都收费，而且收费的尺度与餐饮业基本持平，也就是说在欧洲撒一次尿和喝一杯咖啡的价格基本是等同的。

为了进一步核实朋友的话，柴六上周只看介绍欧洲的电视，在电视中他发现走在街道上的欧洲人的裤袋似乎都十分充实，似乎都装满了为喝咖啡和上厕所准备好的硬币。

他清楚地知道那些都是硬通货的硬币。

他是从董事长厉骇那里了解到中东地区的厕所收费情况的。

厉骇说伊拉克对厕所的管制比欧洲更严，在伊拉克上厕所的代价不仅比喝啤酒高出数倍，而且所有厕所都是由总统直接开的。如果有人胆敢破坏生态环境，胆敢把屎尿直接拉撒到沙漠里去，一旦被总统知道，轻则枪毙，重则将拉撒的器官取下。

“到底是法治国家！”柴六听后感慨万分。

了解了国际标准的柴六心情特别沉重。

恍惚间他有了一种使命感。

恍惚间他已将开厕所的意义从赚钱的层次上升华，上升到提高丙市市民的文明程度和拯救中华民族的心灵，并将以上二者提升到与国际接轨的高度了。

恍惚间他进而将开厕所与拉大提琴也联系了起来。

恍惚间他开始将开厕所看成与演奏交响乐异曲同工、殊途同归、意义同在的伟大事业了。

有了这种幻觉后的柴六逐渐找回了在乐台上演奏《悲怆》时的良好感觉，并带着这种感觉加快了厕所项目的进程。

10. 扒祖坟，盖厕所

厕所的位置十分重要。

厕所的位置将决定厕所的效益，这一点柴六是知道的。

因为他听说一家餐馆因正好开在人们最容易饥饿的地段，所以生意特别火。

柴六不知道的是将生意开在最好的地段是要多交钱的，所以当他看中的那块地的主人将地价报给他后，他吓了一跳。

那块地的价格比他从刘银那里贷的所有款的总额还高。也就是说如果他将那块空地买下来，就没钱盖厕所了。

在想买地盖厕所之前他并非没想过经营现成的厕所，但现实将他的那个想法推翻了。

现实里那些不收费的厕所都太臭。

现实里那些濒临倒闭的收费厕所效益都太差——由于收费太低。而将要倒闭的厕所一旦被他收购，也还是注定要倒闭的。

他不能做明知要赔的实业，这一点是他办实业的准则，尽管那笔钱是刘银借给他的。

虽然刘银仗义疏财，但他还是发誓一旦厕所赚了钱，一定要将钱和情都还给刘银。

后来一家房地产开发公司终于帮柴六物色了一块大小适中、位置极佳，又在预算之内的场所，令柴六如获至宝，但那个场所只有一样令柴六感到美中不足：

它是在地下防空洞内，是封闭式的，而且需从武警总部的岗楼下入口。

岗楼上站岗的士兵总是十分威武，还扛着闪亮的刺刀。

柴六的方案一报到厉骇那里，就被他推翻了。

“你是开厕所，不是开渣滓洞！是经商，不是搞政变！”厉骇大声提醒他说。

柴六如梦初醒。

厉骇在柴六冷静下来之后又阐述了他想当的是这样的厕所的董事长：

（1）集团化；（2）连锁化；（3）规模化；（4）科学化；（5）股份化；（6）年轻化。

他具体说，厕所的规模未来要争取达到世界第二、亚洲第一，他说厕所的品牌起码要达到在丙市家喻户晓，他还说厕所内部在本世纪内一定要做到无人管理，他又说厕所的处理流程一定要最终实现流水作业……

他在与柴六探讨了明年在全国重要省份设立厕所分号以及如何将厕所的产品打入美国市场后，又十分不情愿地回到了眼下厕所还没地点开的现实问题上。

“这是一个不成问题的问题！”说完后他便让秘书呼一下丙市最著名的风水专家——市地质局夏局长，问夏局长从地质结构的角度看在何处开厕所是最佳选择。

夏局长一分钟后回电说湖边的风景区倒有一处丙市风水最好

的地段，并将那块地的经度、纬度报给了厉骇。

秘书根据经纬度找到了具体方位后十分为难，说该地尽管是丙市乃至方圆近百里的风水宝地，但早已不适于开厕所了，因为王氏家族在丙市的祖坟早在一千五百年前就已先开在了那里。

厉骇听后先是犹豫了一下，在确定自己的嫡亲之中没有姓王的之后便让秘书呼有关部门负责人，让有关部门连夜把王氏在丙市的祖坟扒了——以“防止封建‘王朝’复辟”的名义。然后他又让秘书呼另一个有关部门的负责人，让那个部门于祖坟扒光后的明天一早以最快的速度进入该施工地段，并按照建造五星级酒店标准在一周之内在祖坟的上面盖起一座超现代化、超豪华、超想象力、超世纪的厕所。

第一个有关部门听清后没提问题就组织扒祖坟的队伍去了。

第二个有关部门开始时反映了一下明晨进入工地的困难，说该部门最精干的施工队伍正在市郊参加市民危房改造的会战。

厉骇一听就火了，要呼第三个有关部门，反映第二个有关部门延误“市精神文明跨世纪重点工程”施工的严重渎职的情况。

第二个部门的负责人听清楚厕所工程的名目之后，就立即改变了工程的重点，答应将那支最精干的队伍连夜从会战工地调到祖坟上的火线工地上来。

以上几个调动都是厉骇在十分钟内完成的，在场目击的柴六第一次领略了厉骇的厉害。

随后柴六又想到了建造超想象力厕所的费用问题，厉骇说那不用柴六费心，因为另一家银行已答应只要是为了建厕所，只要是厉骇任董事长，将绝对保证资金的供应。柴六听后又问资金的利息率是多少，没想到这一问将厉骇的火也给引了出来。他说：“什么利息不利息的，你这么客气小心我跟你急！”

11. 就叫“五星WC”

正当两个有关部门的施工队夜以继日地抢赶着扒祖坟、建厕所的时候，一个十分重要的会议在丙市天文局顾问厉骇的办公室里隆重地召开了。

出席会议的共有四位，都是未来实业厕所的决策性人物。

他们便是名誉董事长厉骇、总经理柴六、名誉总会计师刘银和最新应聘的名誉总参谋长胡思博士。

开会的目的是为厕所命名。

供他们选择的、从各方面汇集上来的名字很多，如“天堂厕所”“西天厕所”“销魂厕所”，又如“风月楼”“壮阳轩”“排气楼”，还有“臭格里拉”“喜来蹲”“塞内拉萨”“赛拉热（乐）窝”等。

会议结束的时候，他们四人的争议也跟着结束了，他们终于选定了一个由胡思提议并诠注的厕所的名字，叫作：“五星WC”。

胡思对这个名字做了如下的解说：

（1）他本人最爱喝“五星”啤酒，而此牌啤酒在丙市具备一定的代表性，喝饱“五星”啤酒后再到“五星”牌厕所里去排解，是一个与计算机兼容性等同的、前后一致的、表里如一的、进出平衡的消费模式，将有利于实现今后与五星啤酒厂联合经营的长远发展目标；也就是说，一旦今后“五星啤酒”与“五星厕所”联合在全国乃至全球以连锁的方式经营，全国乃至全球的啤酒爱好者在饮完“五星”牌啤酒之后，都会形成一种赶紧去找“五星”牌厕所上的下意识、连锁式的排放习性，这将为培养我市人民的现代化、连续化、科学化的消费习性起到十分重大的引导和促进作用。

（厉骇听到这里大受启发并连声叫绝，说博士就是博士，而且兴奋得马上要把丙市的“五星”啤酒厂分厂厂长呼来，让该厂连夜也迁移到王氏祖坟的遗址附近来。

胡思马上制止了他，因为“五星”啤酒在丙市的分厂昨天刚刚倒闭。）

（2）由于该厕所是市天文局直属的专业厕所，为了防止人们关于天文局不务正业的莫须有的肆意攻击，这个厕所一定要开出天文性的特色来，所谓“天文性”的特色不仅指厕所的开价、厕所中的消费标准、所内设施以及厕所本身的外观设计，更要在名义上突出地表现出天文事业的特色来，使消费和参观者能望名生意。

“五星”是“五大行星”的简称，是天文局成立几十年来尚未有足够经费从事研究的项目和从未涉足过的与现实无关的偏远域，用“五星”来命名厕所正好能填补这个丙市几代天文学家梦寐以求但尚未有机会填补的科学空白，也可以向上级主管部门和丙市市民庄严地宣布：丙市天文局将从厕所落成的那天——也就是下周一起正式开始向五大行星的研究领域进军。听说美国人已提前进驻了火星，但丙市天文局的科学工作者们有志气、有信心，一定要以这个厕所项目为奋发的起点，实现比美国人更早登上金星乃至太阳的跨世纪宏伟目标。（胡思的话突然被一阵热情激昂的掌声打断了，会场上的气氛顿时冲动起来。）

（3）下周一要开的厕所不是普通的厕所，是合资的，以中、伊两国名义合开的涉外厕所。所谓涉外，不单是从刘银那里利用外资，更要吸引外籍的用户。”厕所”二字只有中国内宾和土老帽能看懂，连台胞和港澳同胞理解起来都有一定难度，因为人家习惯将之称为“洗手间”。”洗手间”并不是只洗手不大小便，而是指大小便后一定要洗手。由于丙市至今有部分市民在如厕后根本不洗手，所以如果以“洗手间”为未来的厕所定名，便容易在该部分市民中造成误导或者彻底失去这部分顾客。所以厕所的名称一定要取得得体，既要争取外籍及港澳台用户，又不会将不洗手的国内用户拒之门外。

WC是“Water Closet”英文的缩写，是“水箱”的意思，是一个国际通用的厕所的代称；也就说，任何老外和学过英文的港澳台侨胞，只要体内有如厕的需要，脑屏幕上必然会打出WC的字样，并指导肉眼去寻觅标有WC字样的建筑。以WC命名厕所是吸引涉外用户的必要条件，能使之趋之若鹜，招之即来。如同从前的“友谊商店”，也如同给老鼠下的夹子和逗蛐蛐儿的探子。

“总之，”胡思最后将以上几点做了总结性的概括，“‘五星WC’的名字是一个既体现了天文局的经营特色，又具有现在的时代精神；既能满足国内人民如厕需要，又不损害国际友谊；既反映厕所不文明的过去，又揭示厕所发展未来的富于创造性、智慧性和实用性的，天衣无缝的、无可附加的、独一无二的名字！不知大家还有什么意见和要补充的吗？请畅所欲言！”

“没有。”大家说。

12. 他想反串主角

仙花是女的，阿丙是男的。

他们都是柴六从人才市场上招聘回来的。因为仙花下岗了，阿丙也下岗了，他们都昂首走进了人才的招聘市场。

下周开始试营业的五星WC共需十八名员工，八个男服务员，八个女服务员，以及两个分部经理。又由于厉骇推荐了八个男的，刘银推荐了八个女的，所以只剩下两个经理的空缺。

柴六本来也想从丙市交响乐团中推荐两个经理来着。他本想推荐指挥和打鼓的，不仅是因为那两个人羡慕有了贷款的自己，更因为他想来个就地翻身——让指挥去负责大便业务部，让打鼓的去负责小便业务部，让那二人都听从自己的调动。

他想指挥那指挥的；

他想敲打那打鼓的；

他想尝一口当老板的鲜；

他想反串主角。

然而他的两个设想都被厉骇否定了。

因为他认为开厕所与搞音乐不同，开厕所要一个柴六式的人物准赚，要三个柴六式的人物准赔。

厉骇需要的是专业对口的人才。

于是柴六就来到了人才市场。

他来到市场的第一印象就是人才市场上的人才比跳蚤市场上的跳蚤还多。

是市场经济将人才的供应渠道和品种丰富了起来，搞活了起来。

柴六眼花缭乱，柴六挑花了眼。柴六在挑拣的过程之中更庆幸自己没被人在市场上流通，庆幸自己提前离了岗，提前贷了款，而没沦落到下岗或没处贷款的地步。他庆幸自己及时认识了刘银、胡思和厉骇；庆幸自己提早放弃了大提琴，放弃了《悲怆》，提早逃脱了悲怆的命运。

想到这些的柴六在市场上虽然用眼在挑，心里却十分忐忑，十分不安。因为他忽然意识到眼下挑人的意义了——挑好他可能因厕所而发，而永远处于在市场上挑人的位置；挑不好他可能要赔，可能要被重新以卖主的身份抛进市场，以破产者的身份下岗，以悲怆的曲调终结。

因为他使用的毕竟是贷款。

他并不是那笔款的主人。

他的买主的身份也是借来的、是临时的，是刘银的银行赋予的，而刘银的银行也不是刘银本人开的，是国家的，是眼前流动的一簇簇的下岗人员或他们的家庭一分一分地存进去的。

有了这种意识的柴六平添了几分危机感，在第一天招聘大会结束的时候，在他用那笔款子买晚餐下肚的时候，不知为什么，柴六想到了一幅名画——《最后的晚餐》。他心惊肉跳。

柴六是在第二天大会快要落幕的时候雇用到仙花和阿丙的。

柴六是打着“招募流体软件开发高级管理人才”的名义，以“国际合资连锁集团公司”的旗号将仙花和阿丙招募到的。他们之所以顺利通过了挑选，主要是因为他们二人的英语水平颇高。

其实柴六本身根本不懂英语，但他却成功地辨别出了仙花和阿丙的实际英语水平。

柴六的方法是让每个应聘的人都当众大声朗诵一遍英文《China Daily》上的头条社论，谁读的英文他能听懂他就将谁淘汰，而淘汰到最后，只有仙花和阿丙读的英文柴六只字不懂，柴六就立即将二人录用了。

其实客观地说那些被淘汰的人中肯定也有英文不错的，因为《China Daily》的头条社论中经常以拼音的形式出现中式的姓名和地名，而那些人名和地名大多是中国重要的人物和地点，柴六按理说应该能听明白一些。

但因当时柴六只想贷款的事，根本没在这个方面用脑子，就把那些念出他能听懂的字眼的人都淘汰了。

于是仙花和阿丙就幸运地被录用了。

仙花和阿丙十分激动并立即用电话通知了家人。

因为他们都在岗下，而且都已在岗下一年了。他们万没想到录用他们的竟然是国际性的的流体软件公司，而且是集团的。

90年代的公司都爱扎堆，都愿形成集团，好像集了团，就不怕别人欺侮似的。

仙花和阿丙除了英文过硬之外，专业的对口也是他们被录用的条件之一。

他们都在学历上达到了柴六要求的最低水准——大学本科，而且仙花是学流体力学的硕士，阿丙是拉二胡的学生。

仙花下岗的原因是力学离时代太远，90年代的人们已经没有力量去钻研费力不讨好的力学了；阿丙下岗的原因是他以前在岗的丙市民乐乐团被市摇滚乐团兼并了，而摇滚乐里最吃香的是敲锣打鼓外加弹电琵琶的，在被兼并的第二天他就下了岗。

他只适于操用单手平行移动的乐器，不适于双手上下抖动的鼓乐和电吉他。他好静、好悠扬，不好动、不好狂噪，于是他就被请下岗了。但这也是他被柴六请上岗的缘由，因为柴六开厕所前也是拉琴的，也好静，也喜欢用单手平行拉琴。

柴六喜欢的是《悲怆》，阿丙喜欢的是《泉颂》。

一个是西，一个是东，二者同流合污后都汇进了厕所。

柴六给他们安排的职位分别是：

仙花任大便部经理，兼管男厕；

阿丙任小便部经理，兼管女厕。

13. 像天文馆的厕所

一个星期之后。

原祖坟周围的居民在沉默了一周之后再也抵御不过好奇心的诱惑。

“老王家翻盖祖坟了！”他们奔走相告。

因为他们看见有人在王氏祖坟上动土，又有人在动土后的祖坟上建设，紧接着一座崭新的，与祖坟一样的圆顶式建筑在一周内拔地而起。

更令他们吃惊的是重建后的祖坟比原先的足足膨胀了十倍！

他们纷纷向认识的王氏朋友表示钦佩，钦佩他们的崇高品格——到世纪末还没忘祖宗的品格。

王氏朋友没有一个回绝他们的钦佩的，因为即使他们本身并未参加祖坟的重建工程，王氏祖坟被重建对他们来说也并不算十分意外的新闻——只因丙市王姓的人氏太多。

王氏朋友在被钦佩之后到处打听究竟是哪家亲族重建了祖坟。半天之后他们便沟通了全城的王氏，并得出了以下的结论：

谁也没修，谁都没钱修。

于是他们开始怀疑，怀疑是外姓的品德高尚的朋友，义务帮助王家重修了祖坟。

眼下不正提倡助人为乐吗?

但他们随即又怀疑起了以上的可能性，因为：

（1）助人为乐是极少数不务正业的人干的事。

（2）即使有人起了修祖坟的念头，也要从自家的祖坟修起。

（3）几年来丙市没一家修过祖坟的。

（4）连自家的坟都不修，就先帮王氏修坟的人根本不可能是在做好人好事，而是神经病。

想到这一步的王氏朋友们再也沉不住气了，从四面八方向“祖坟”工地冲来，他们一冲上那块地就顿时怒火万丈——当他们听说那新建好的根本就不是自家的祖坟，而那原来的祖坟已经被扒了之后。

他们又从一个建筑工人的话中推测出代替祖坟的是天文馆，因为那工人说他们的建筑队是天文局派来的，而天文馆的顶部与祖坟一样，也就圆的。

王氏朋友顿时悲喜交加！

他们悲的是祖坟没能保住，成了建筑工地；喜的是代替祖坟的项目是天文局所属的，是天文馆，是带了“天”字的，说明祖宗的英灵已经升天，已经超度。

他们庆幸地质局没在祖坟上开工地，那样就不是升天，而是入地。

当天下午王氏朋友的庆幸就被最新消息打消了。

那消息说那“天文馆”根本就是假的，只是外观上的，那新盖起来的建筑根本就不是天文馆，而是令王氏朋友听后心灵塌陷的五星级酒店。

那个消息是从一个混在施工人员中跑进新建筑中窥探了一番的小孩儿的口中传出的。

那孩子说新建筑内部与丙市天文馆的格局完全不同，根本没有大厅，全是单间。而且每个单间里的装饰无论从豪华程度和室内用具来看……

“都像是酒店！”王氏朋友听完后齐声判断道。

他们随后又悲喜交加！

他们悲的是祖先再也不能升天了；他们喜的是好歹祖坟上翻盖的是酒店，而且是五星标准的，酒店中一不愁吃，二不愁喝，祖先们除了吃喝之外还愁什么？他们之中的一部分甚至认为扒祖坟、盖酒店、保障祖宗的吃喝供应是大孝的举动，应该提倡。

周末到了，人们休息了，但工地并没休息，还加了哨位。加了哨位的工地没人敢再去窥探，因为人们知道那一定是到了往里运贵重物资的关键时刻。

那两天共来了八辆卡车，卸下了八十一个沉重的箱子。

星期天的晚上围观的人们又发现了一重要人物打“的”前来，还随身携带一个沉重的包袱。

人们猜测那八十一个箱子里装的是每个客房里用的贵重物品保管箱，却没想到那是八十一间厕所单间使用的马桶。

人们猜测那“重要人物”——柴六手中的包袱里都是重要公文，却没想到那里面只有枕头和铺盖；人们猜测他是来验收工程的，却没想到他是来投宿的。

柴六昨晚第一次来工地看了厕所内部的装修后，果断排除了妻子的干扰后搬进厕所长住。

因为这里的条件比他家好得多，还有空调——那时正是盛夏。

14. 用五大行星命名的厕所

祖坟被扒一周后的星期一凌晨，五星WC试营业。

“五星WC”已具备以下条件：

（1）资金（刘银贷款）。

（2）名目（精神文明项目）。

（3）背景（天文局、厉骇）。

（4）性质（中伊合资）。

（5）位置（祖坟遗址）。

（6）前景（集团、连锁、国际化）。

（7）美名（五星WC）。

（8）外观（像天文馆）。

（9）领导班子（厉骇、刘银、胡思、柴六）。

（10）管理人才（仙花、阿丙）

开厕所的必要条件一一具备了，五星WC开始试营业。

五星WC共建有八十一个单间，除了一间被总经理柴六占据为办公室兼卧室外，其他八十间都在试营业期间投入使用。

八十个单间共分男、女两个分部，每部各占四十个单间。其中每个分部中又按“金、木、水、火、土”分为五个星级标准，每级标准下设八个单间。这样算来五八四十、四十再乘二（男、女），就整合为八十间了。

这是胡思的主意，据说他粗通八卦。

再细说“金木水火土”：

一、“土星”级单间为一星级标准，又称“土耳其宫”，其中的配套设施和服务内容为：土耳其进口马桶，骑马蹲裆式，无人按摩与捶背，由顾客回家后自按自捶。

二、“火星”级单间为二星级标准，又名“火焰山”，其中包括：伊拉克进口“飞毛腿”牌逆火式马桶，喷气式座椅，门上高悬“老头乐”式痒痒挠，顾客可用之自行按摩。

三、“水星”级单间为三星级标准，又名“水帘洞”，内设比利时进口著名“小人牌”马桶。俯冲式座椅，顾客如厕后由同性服务员按摩捶背，之后用冰冷毛巾自行擦面。

四、“木星”为四星，又称“木乃伊”，意为“竖进横出式服务”。日本“皇天”牌全方位震颤式马桶，顾客如厕后在马桶上平行振动二十分钟，同性按摩捶背（如厕同时）。

五、“金星”=“五星”，又名“金銮殿”，帝王式享受，总统级服务。美国原装“总统”牌马桶，镀金。坐在其上犹如“过山车”，直上直下，回肠荡气，意气风发。如厕同时异性按摩捶背说悄悄话，外加吹耳旁风。同时放摇滚乐，奏老板进行曲，递滚烫手巾板儿，顾客可任点第二块手巾板或小姐……然后在此起彼伏的“老板慢走！”声中摇晃离开“金銮殿”。

以上所列的是土星至金星、一星到五星各级设施和服务内容的大概意思和被服务完顾客所应得到的感觉，以上各种感觉之所以不同是因为每级标准的价位有所不同。以“金銮殿”和“土耳其宫”二者之差而言，在“金銮殿”中小解一次的价格约等于一注水银的价格，大解一次约等于块金锭的价钱；而在“土耳其宫”中小解一次约等于小便的正常市价，大解一次约等于市面上大便的实价。水银与小便，金锭与大便，价值迥异，所受服务自然不同；一个天马行空，一个跨马蹲裆，档次本应有别。

在制订以上五个星级服务标准时，五星WC领导集团内部还发生了以下几点分歧：

（1）柴六只同意在“金銮殿”的最后一项服务中上热手巾板儿，不同意上小姐，认为那是容易导致精神不文明的服务，与开厕所的宗旨相抵触。厉骇则坚持手巾板与小姐同上，因为他认为如果没有小姐的服务，老板们就不能有精气神儿，甭管手巾板多么炽热。

（2）柴六还极力反对在顾客如厕的同时由服务员按摩捶背，无论同性异性。因为上厕所是人的隐私行为，不是请客吃饭，不是作文章，更不是给临盆的母猪催生，没有必要兴师动众，捶捶打打。刘银的想法却正好相反，他认为要看厕所是由谁上，如同看路是谁走。有人走路小心谨慎、孤孤单单，有人走路鸣锣开道、前呼后拥。上厕所亦然。顾客们来“金銮殿”花的是上帝的钱，图的是当皇帝的热闹，别说捶捶打打，就是要求一边如厕一边看戏、一边看卫星上天也不算是非分之想。

（3）胡思和厉骇在厕所的服务设施的配置上也曾各执己见。

胡思坚决抵制厉骇的关于在五星WC的两个大堂内分别设置大型卡拉OK和桑拿设施的建议。胡思认为只要五星WC中出现了OK和桑拿，五星WC的性质就变了，就不是专业厕所，而应改称为“五星OK”或“五星桑拿”了。道理很简单，在OK和桑拿中都有厕所，厕所在传统经营方式下一贯是附属的设施。五星WC的创立本应起到将厕所专业化、独立化经营的引导作用，绝不能因添加OK和桑拿而喧宾夺主。厉骇开始时十分顽固，非要设OK和桑拿不可，说当代老板们在如厕后如果不OK一次、桑拿一次，根本就无法尽兴，无法彻底实现自我。老板们原本饭后酒后都能OK、桑拿，为何偏偏如厕后不能OK、桑拿？这合适吗？他又提议如果不在大堂内OK，能否在马桶上OK，总之，他一定要OK、桑拿。最后还是胡思用智谋化解了他非要OK、桑拿的主见。胡思说根据西方科学家们最新的研究报告，如厕、OK、桑拿等三项活动绝不可相继进行，否则就会得世纪绝症——艾滋，尤其是学过哲学的更要当心。

厉骇一听连忙放弃了主张，并琢磨为何伊拉克那边的学术界没有相似的报道。

15. 他岂敢收费？

五星WC在试营业的一个月中分毫未赚。

只因当初柴六一句话的失言。

柴六在从刘银那儿贷了款的当天夜里，答应厕所开张后免费招待刘银认识的人上厕所。

而刘银又偏不自觉。

刘银不自觉并不是主要问题，问题是他认识的人太多。他是银行里放款的，丙市三分之一的人都认识他。

所以厕所试营业的那天凌晨起丙市的交通一到祖坟遗址附近就出现阻塞，被新建厕所前的长队打乱了。

只见厕所前挤满了黑压压的急着上厕所又不想交钱的人，他们一致声称：

“我是刘银介绍来的！”

柴六哪敢收费？！

柴六有那个胆子？！

柴六的厕所还想不想开了？！

这贷款开的厕所！

于是柴六就在第一周内免费招待了一大撮儿认识刘银的人。尽管他根本无法一一证实究竟是他们认识刘银还是刘银认识他们，这二者之间可有天大的差别；尽管他根本就不相信刘银能记得住那么多人的姓名。

但，他还是为他们提供了免费的“金銮殿”级服务，那些人虽不交钱，却一进门就往五星级厕所间冲刺，尤其是男性。

第一周柴六没赚。

第二周来的也是黑压压的人群，都声称是厉骇认识的朋友。

厉骇是学包罗万象的哲学的，认识的朋友更多，而且其中的一部分人还是来自五星WC的上级主管部门——天文局的，即使那些人不直接认识厉骇，来上厕所也都是带着任务、扛着使命、背着责任专程来的。

柴六岂有收费之理？！

柴六岂敢收费？！

柴六哪里好意思收费？！

柴六是那种人吗？

于是柴六就没收。

第三周来的都是胡思的朋友。

胡思指使朋友们来的理由再直截不过：既然名誉董事长、名誉总会计师的朋友都能来免费如厕，为何我这个名誉总参谋长的朋友不能来？

于是他们就都来了。

第四周来的都是认识柴六的人。其中包括他所有的亲戚和丙市交响乐团所有的团友。他们来的原因有二：

（1）他们听说厕所是柴六开的；

（2）他们听说厕所其他老板们的朋友们都已来过了。

柴六哪有脸收费？！

柴六哪有心情收费？！

柴六即使有脸、有心情收费，人家给吗？！

于是柴六就干脆不收。

试营业的一个月就这样稀里哗啦地过去了。柴六只听见厕所马桶们从八十个方位发出的稀里哗啦的冲水声，却没见到他原来期待的稀里哗啦的钱币的流入。

“这五星WC能赚钱吗？”他疑惑着、叹息着，厕所正式开业的日子就这样在他的叹息声中一天天临近。

那一天终于到来了。

16. 柴六当众摔琴

五星WC是农历六月初六正式开业的，选在六月初六是希望大便小便都顺的意思。

开业那天照例将丙市轰动了一下。

那天照例请来了省市有关领导，照例剪了彩，照例举行了隆重的开业典礼，照例局部封了几条马路，照例上了大报小报、电视电影，照例吃了盛大的酒席，照例从席上抬下了若干不省人事的嘉宾……

只是没有出现照例的厕所前排大队的现象，因为正式开业意味着开始正式收钱。

这就更使前来庆贺的人们切身地体会到了开厕所的意义。

开业那天来的宾客们都是穿过由仙花和阿丙带队的男、女两排欢迎队列后才进入主会场的。那天仙花和阿丙装扮得出奇的精神，他们面对面排成双龙式两排，只要有嘉宾从他们面前走过，他们便像对遗体告别似的齐刷刷地深鞠一躬，说：“您好，欢迎光临！”

令来宾特别满意。

关于那天的开业典礼报刊上都已详尽介绍，没必要一一赘述，值得在此赘述一下的只有两件小事。

一是那天柴六的心情万分恶劣。

柴六那天的心情之所以极端恶劣与典礼上的音乐节目有直接关系。

本来在厕所开业典礼上开小型音乐演奏会的主意是柴六出的。起初连厉骇都没想到用奏乐的方式庆祝，他执意要像伊拉克人那样对天鸣枪，是胡思提醒他要理解中国的国情——中国的国情不准人高兴时随便放枪。

后来他们都同意了柴六的开演奏会的建议，因为音乐与开枪一样，都能助兴。

柴六想先让丙市交响乐团演奏一场完整的柴可夫斯基第六交响曲《悲怆》，然后再由他本人独奏大提琴曲《天鹅》。

柴六不知为什么，对安排那两个曲目特别上心，在开业典礼的头几天他就整天坐立不安，不是忙着与丙市乐团联络，就是自己在厕所改装的办公室里偷练。他自己也说不清为什么厕所开业的日子愈加临近他的琴瘾愈重，他的表现欲望愈强，他看到琴时手愈加痒痒，他在上半生中拉了那么多年琴，没有哪一阵子像这几天这样想拉琴、盼拉琴，不拉琴就没法活。

柴六想独奏《天鹅》也与美国总统克林顿有关。克氏在当州长、总统之前是出色的吹管能手，原本立志当职业管乐演奏家，也是时代迫使他放弃当音乐家的美梦，不得已才改行当州长、总统的。

听说克氏对此也耿耿于怀。

听说克氏对此也抱憾终生。

第二天要正式当五星WC总经理的柴六与克林顿心心相印。他能理解为何克氏在每次上任的就职大典上总想独奏一段Saxophone，是要提醒一下来宾什么才是他的真正所好和专长。克氏的管子每次都吹得十分激越，十分无奈。

柴六立志在明日万众出席的大典上也拉上一曲，也无奈一次。

他彻夜未眠，他心潮起伏。

这足以解释当他准备上台时突然听到《悲怆》与《天鹅》被胡思枪毙的消息后是何等的激愤了。

他刚从自闭了一个时辰的厕所办公室走上那高架的典礼台，就被告之刚刚演奏完的不是《悲怆》，下一个节目也不是《天鹅》。

两个都是摇滚乐，都是胡思临时决定的，改变时根本没通知他。

柴六一怒之下先当众摔了大提琴，然后从人群中将胡思揪出来质问缘由。

胡思先是表示出极大的惊异，惊异为何柴六只因改了两首曲子、改了演奏方式就表现出如此的非理性和失态——身为当天开业厕所总经理的他。

胡思又解释他临时做出由交响改摇滚决定的理由。因为顾客根本不想听交响，尤其是急着前来如厕的顾客。目前时代的节奏已经加快，需要快节奏的、带鼓点的音乐伴奏，而交响的节奏太慢，根本无法跟上目前社会的运行速度。

胡思说眼下连孕妇进行胎教都喜听摇滚和迪斯科了。

柴六当众摔琴

胡思更将摇滚与厕所的运行速度和效益直接挂了钩。

胡思说听了摇滚乐的顾客们在如厕时可加快动作的频率，频率一旦加快每天使用厕所的人次必然增加，从而带动厕所总体效益的提高。

胡思又反问柴六，倘若每个顾客都按《悲怆》的长度大便，按《天鹅》的速度小便，那么厕所的总体效益如何提高呢?

面对哑口无言的柴六，胡思甚至想到将目前流行的所有摇滚、迪斯科的节奏按火车的方法提速，并将之在五星WC中试验播放，借此观察人类如厕速度与音响刺激效果的线性关系，并向有关部门反映……

“我×你妈！”柴六没听完胡思的节奏理论，就面色铁青地当着众位嘉宾的面大骂了胡思一句他前半生没骂过的话，说用音乐摇滚尿尿是明天以后的事，他今天只想听交响乐，只想拉大提琴，只因他喜欢听，喜欢拉……

柴六的话还没说完就被胡思的一句话打断了，他听完那句话后再也没争辩什么就离开了众人，提着破碎的提琴悄然离开了狂热的典礼会场，一个人躲进那间厕所改装的总经理办公室去了。

他当天再没跨出那个小门一步。

胡思的那句话是这么说的：

“既然你那么喜欢听、拉大提琴，你为何离开了交响乐团，跑这开厕所来了？”

17. 姓王的为何一人没来?

五星WC开业典礼上还有第二件值得赘述的小事。

在那天数以千计的来宾之中，没有一个姓王的。

这是一个当时沉醉于开业之喜中的任何人都没注意到的小事。

包括厉骇、胡思、刘银，更不要说柴六。

其实还有一件他们一直没有留意的小事。自从王氏祖坟被扒、五星WC建成，直至一个月之久的试营业期间，光临过五星WC工地和五星WC的宾客数以万计，有姓吕姓马姓牛姓朱姓侯的，唯独没有一位姓王的。

有极个别细心的人察觉了这个现象，发现丙市王姓的人氏每到祖坟遗址附近，就一准调头或绕开。

发现了这一个现象的人纳闷王姓的人氏在五星WC成立之后到何处去如厕、如何克服困难去如厕，因该厕当时已成了方圆几里之内的必上厕所。

细心人即使发现了这个奇特的现象，也没往深处想，更没产生疑虑。因为毕竟“普天之下，莫非王土”的封建王朝时代已经过去。

其实那天五星WC开业典礼上的重要来宾（VIP）中没有王姓的人士出席也属正常之事。因为该届政要中偏巧百年未遇的没一个姓王的。

柴六的五星WC六六开业典礼，就这样在王氏缺席的状态下顺利闭幕了，在摇滚乐中。

第二章

1. “开和喽！”

五星WC开业后第一季度的生意特别好，一下就扭亏为盈了。

第一季度之所以能扭亏为盈，主要是因为名誉董事长厉骇想让丙市头一家五星级WC盈利。

厉骇在厕所正式开业后让柴六先创造对五星WC的需求。

于是柴六在短短的一月之间就让丙市对五星WC的实际需求连翻了数倍。

柴六先是以有伤大雅的名义将祖坟遗址周围方圆数里内的所有公共厕所都关了。

柴六随后将祖坟附近两座正在建设之中的五星酒店的厕所盥洗设备的资金砍掉。

柴六接着又在祖坟遗址半径十里之内的所有十字路口上竖起了“此处距离五星WC×××公里”的带有巨大指示方向箭头的标牌。

柴六又厉行禁止在五星WC的顶层的圆包能瞭望到的任何地点

随地大小便。连鸟都不准，否则用汽枪击毙。

以上几项有力措施都是由厉骇、胡思、刘银在天文界、知识界、金融界还有动物界的各路朋友们的大力协助下制订并监督执行的。

实施措施后五星WC客源滚滚。

实施措施后五星WC的来宾争先恐后。

实施措施后五星WC门前的秩序需要维持。

实施措施后五星WC的效益令柴六本人瞠目结舌。

柴六第一次知道朋友多的好处。

柴六在试营业期间的那种“五星厕所还能开多久”的疑虑被一扫而光。

柴六毕生首次看到了滚滚的财源。

“开和喽！”转亏为盈的那天傍晚柴六站在厕所顶楼的圆包上对着夕阳大吼了数声。

他的吼声凄厉，吓坏了正在如厕的顾客和向夕阳飞奔的大雁。

前者大小便失禁，后者在空中撒尿。

柴六连忙跑回去取枪。

第一季度的生意好得火爆也与天气有关。

那正是如火的夏季。

那年的丙市的气温曾达千年未遇的高度，丙市的鸡蛋只要放在光天化日之下就自动烤熟。

丙市的民众急需避暑。

祖坟周围的百姓渴望冷气。

而在方圆几公里之内，只有五星WC的空调里吹出的仍是凉风。

其他的空调都被厉骇在供电局的朋友以费电为由关闭了。

五星厕所顿时成了方圆数里，甚至整个丙市首选的避暑胜地。

五星厕所的单间——连“土耳其宫”的座位，都要提前数日预订。而且要走后门、要送礼、要请客吃饭、要做文章。

带冷气和按摩服务的“金銮殿”的座席甚至要冒生命危险才能夺得。

由于天气热，由于冷气缺，柴六以创造需求为目标的第一季度经营战略以六六大顺为起点，以八八大发为终结，在最热的农历八月八日那天达到了在厕所内差点挤死人的空前的高潮。不过那年的奇热据说也不是偶然的，有人确信是因为厉骇在天文局工作，是他有意将当年的平均气温提高了十几度的。

2. 人们一心只想排泄

第二个季节是金秋，丙市秋高气爽。

但柴六的心情不爽。

柴六的心情在金秋爽不起来，是因为秋天是一切生意的淡季，连五星WC也不例外。刚一入秋，前来如厕的人次就下降了。

是因秋天人们吃喝的东西少了？

还是因为秋天人的新陈代谢放慢了？

——柴六十分不解。柴六闷闷不乐。

在银行界工作的刘银出的一个策略令柴六顿开茅塞。刘银让他改变五星WC的价格制度。

“降价？！”柴六眼前一亮。

“不，抬价！”

“抬……价？”柴六莫名其妙。因为五星WC目前的收费标准已经与五星宾馆持平，他无法想象能再将之提到六星的标准。

但他改变不了刘银的主张，刘银是贷款的。

于是五星WC的价位便在深秋被提到了六星的标准。

提价前“金木水火土”五级服务中，仅有土星级的价格与如厕的真实水平接近，提价后的价格则与之大相径庭。

例如在土星级单间中大解一次的价格为八元八角，是“大发”的谐音；

又例如在土星级单间中小解一次的价格为六元六角，是“大顺”的谐音。

以上二者都超出了在五星WC前吃一盒快餐的价格。

厕所提价后的第一天并没有出现刘银对柴六许诺的人涌如潮的现象。而且是——

一人没来。

厕所提价后的第二天也没出现那种现象，也是——

一人没来。

这下急坏了柴六，柴六冲入丙市找刘银拼命，说刘银的一个馊主意毁了五星WC的前程，说因提价彻底得罪了本欲前来如厕的顾客，说如果是因刘银的傻主意使厕所生意砸锅刘银就别想收回贷款。

听完柴六的一顿申诉后刘银乐了。

刘银乐柴六出身丙市乐团，根本不懂经商之道；刘银乐柴六性子太急，太急于求成，太急于看到提价给厕所带来的效益。

“哪有那么快？要等。”他说。

“我倒想看看这些人能憋多长时间。”他又说，眼中泛出戏谑的得意。

又一天过去了，五星WC前仍门可罗雀。

再一天过去了，五星WC前还无人问津。

终于一周之后，正当柴六又想冲去找刘银拼命的时刻，他才发现他再也无法走出五星WC的大门，那大门已被急得、憋得痛不欲生的顾客封住了，封得水泄不通。

人们是在实在憋不住了的绝境下才蜂拥而至的。

人们已全然不顾价位是六六顺还是八八发，人们只想痛痛快快地大解、小解。人们只想排泄，因为对于一周没能痛快排泄的他们来说排泄的意义已远远大于任何标准的经济损失，大于WC前的快餐。

人们也第一次意识到拉撒的不可抗拒性。

谁说民以食为天，对于丙市的某些市民来说尿比食更为重要。

3. 将小便开成了“冷饮”

由于五星WC提价一月之后生意又淡了下来，柴六便按照刘银的指示实施第二套与费用有关的改革。

他在收费处的窗前挂出了一个巨大的横幅，上面写着：“本公厕可按顾客的要求任开发票。”

他原以为这个横幅是挂着玩的，是拿顾客们开心，他万没想到顾客们看过横幅后都特别认真。

顾客们看后立即将之转告给各类亲友。

于是各类亲友们便都上门了。

都在如厕后要求开发票，而且特别随心所欲。

比如要求将小便开成“冷饮”，将大便开成“食品”，将痒痒挠开成“儿童玩具”，将卫生纸开成“办公用品”，将按摩、捶背、指压等服务开成“肉类食品”。

柴六一开始给客人们开发票时十分兴奋，他万没想到那些外表看上去十分平凡的顾客们拥有那么丰富的联想力，也没预料到他们的心理承受能力都如此之高，都能做到在开发票时脸不特红、心不狂跳。不过后来柴六开的发票多了，也就见怪不怪了，也就习以为常了。甚至有一次一个刚被按摩了腹部的顾客让他在发票上写“尸体解剖费”，他连抬眼看那人一下都没有就大笔一挥地开了。

那人拿着发票连哼带唱地跑回单位报销去了。

这种事还有很多，很多这种事加起来就使本来处于淡季的五星WC的生意如秋季的枫树一样红火了起来。

最火的时候甚至有顾客在五星WC前聚众要求五星WC再将价

格上提，说六六、八八式的价格太低，将之写到报销条上根本无法真实地反映出“食品”“饮料”“办公用品”“肉类食品”的实际物价水平。

为了帮助那些顾客如实地将服务价格反映到报销条上，五星WC又破例为那类顾客提高了部分服务项目的价格，并充实、丰富了部分服务内容。

例如，当那位开“尸解费”的朋友第二次来的时候，他不仅顺利如了厕，在腹部按了摩，还剃了头、刮了脸，并从柴六那儿领了一张写有“尸体解剖、整容服务费，共计八百八十元整”的正式发票。

4. 有真不让人撒尿的

冬季的丙市出奇的冷。由于冷得出奇，来丙市旅游的人也特别多。那些人都来自夏天特热的“四大火炉”，他们都是冲着丙市特冷的冬天来的，他们都企图在丙市的冬季里好好地冻一下自己，以此狠狠地报复一下他们那里的夏天。因为他们那里的冬天都不如丙市冷。

有时，人都挺贱的。

由于人都挺贱，由于人都愿在冬天来丙市度寒，如何吸引更多的客源便成了丙市各个旅游景点的首要经营课题。

丙市共有十大旅游景点，其中包括古坟和新坟、湖泊和瀑布，外加五星WC。

在厉骇有关部门朋友的大力协助下，五星WC一开业就被定为市级重点保护文物单位，并作为丙市第十大景观隆重推向了旅游市场。也就是说，任何游人只要光临丙市，只要想游本市，都会在报刊、游览图、电视电影和各类导游的引导下自觉地、冲动地、急不可待地到五星WC来。

由于今冬比去冬更冷，又因今夏“四大火炉”比往年更热，所以市旅游局估计今冬来丙市过冬的旅客会远多于去年。还没入冬，各大旅游景点的促销大战便如火如荼地开始了。他们各显神通。

有翻修古墓的。

有把游鱼一网打尽的。

还有真不让人撒尿的。

五星WC就属后者。柴六是听了名誉总参谋长胡思的主意后才决定不让来丙市的游客撒尿的。胡思让柴六做好所有丙市导游们的工作，告之他们都可以从游客们在五星WC的消费额中提成，将他们的积极性全部调动了起来。

那些导游总是让他们带领的游客最后一站到达五星WC参观；

而且将前九站的参观总时间延长到了整整一天；

又不给他们任何时间在前九处如厕，每到一处都催促。”快上车啊！下一个景点马上就要关门了！”

而那些来自五湖四海的中外游客又死活不愿放弃参观下一景点。

于是，他们就整整一天憋着不去厕所。

因此，被憋了一天的中外游客一旦到达第十个景点——丙市人民亲手建起的世界最现代化、最美观的天文馆式建筑五星WC时，一听到“WC”两个字后，便都像飞机紧急迫降后，从屁股冒着烟的飞机的四个紧急气垫上鱼贯跳下的、急着逃命的乘客一样争先恐后，狂叫着、俯冲着直奔五星WC。

他们哪管五星WC的名目。

他们哪有心看五星WC的外观。

他们哪有时间问五星WC的收费标准。

他们根本不在乎报销不报销。

他们需要的是尿！

他们渴望的是倒净腹中的祸水！

柴六有时出于好心，苦劝那些看上去既不富有又没长报销模样的游客不要去“金銮殿”，因为那里的服务费太高，可他得到的回报总是当头的一拳。

那些人都跟他玩命！都硬闯“金銮殿”。

都浑身颤抖着。

不知是被活活憋的，还是被活活冻的。

因为那正是滴水成冰的、丙市的冬季。

五星WC冬季的效益因此大增。

5. 美伊合营的厕所

春暖花开，丙市欣欣向荣。

开春以后，由于丙市市民“春困”，懒得上厕所，来五星WC如厕的中国人一下少了起来，相反，老外却成倍地增加，尤其是美国人。

来五星WC如厕的美籍人士特多，多得令柴六百思不解。柴六原来在丙市乐团中是拉大提琴的，用大提琴演奏的大多为俄国作品，美国人又好像从来就写不出交响乐来（因为美国人没有耐心，没有那个常性），所以柴六在前半生中从未跟美国人打过交道，也从未预想到他会有在下半生与美国佬打交道的机会。他万万没想到开厕所成了他与美国人打交道的契机。是因为他和厕所有缘分，还是美国人与厕所有缘分，再或是他和美国人都共同与厕所有缘分，他也说不清楚，反正美国人来了。他真想就以上问题问问美国人，但他没问，因为他不会讲英文，所以每当他与前来如厕的美籍人士面对面相撞的时候，他总是傻呵呵地笑笑，而美国人大多天生就长一副傻乐的样子，所以总使柴六误认为他们都是在回报他的傻乐。

友谊归友谊，生意归生意。虽然柴六通过傻乐与美国人沟通友谊，却从未因美国人面善就让他们免费在五星WC中拉撒。柴六以为那种友谊的方式是不讲原则的。相反，哪个美国人冲他乐得厉害，他收起费来就越狠。因为他按逻辑推理，认为凡是外表大度的人都是因为无忧无虑，而无忧无虑的人一定有钱。

两个月过去了，初春已过，暮春将至。五星WC因美国人的大批光临，以美金计算的收入比例比前三季大增，柴六凭着拉大提琴的直来直去的头脑对此乐不可支，只顾抬头傻乐、低头数钱，并没有对此现象产生任何疑虑。

厉骇则不然。厉骇由于曾在伊拉克留学，又是学习哲学的，长期以来对美国人恨之入骨，耿耿于怀。尽管如此，由于身处市场大潮之中，又由于厕所的生意不能没有顾客维持，他起初总是能够放弃政见的不同，对来访的美国客人以礼相待，敬之如宾。后来由于天气转暖，天文局入春以后需要他顾问的事远少于前三季，他就时不时来五星WC坐坐，对柴六的经营进行直接监督。来得多了，美国人见得就更多，由此引起了他对美国来宾的警觉。

厉骇发现来的美国客人中有许多神秘的人物。有的好像根本就不是来上厕所的，走进厕所后并不实际如厕，只是随便摆个架势就匆匆离去。他还发现有的美国人一头扎进厕所，就东张西望，还用一些可疑的器械对所内设施敲敲打打，跟工兵似的。

这不能不引起厉骇对美国来宾的警觉。美军在波斯湾进攻伊拉克的时候，他就曾用望远镜瞭望过美军，其中就有手拿小锤在沙漠上敲敲打打的。

他立即通知柴六加强厕所保安。

并抽查所有来自国外客人的证件。

于是——也就是他们开始抽查证件的第二天——所有美籍客人就再也不来了。

其实厉骇的怀疑并非属于多疑，他在伊拉克的学费也没白白浪费。美国人的确是有备而来，有目的而来的。由于五星WC的突然建立，由于王氏祖坟遗址一带的人口密度在上半年骤然增加，又由于企业界人士在如厕时都习惯佩常BP机和大哥大，还由于五星WC同时可容纳八十个使用大哥大通话的企业界人士如厕，从五星WC发出的电讯信号十分密集和强大，引起了美国飞越太平洋间谍卫星的注意。美军中央情报机构对此万分关注，误以为中国在丙市建立了临时战略军事指挥中心，便派人乔装成游客前去探听，又从第一批“游客”的情报中得知该天文式建筑是由中伊合资的，就又急忙增派大量“游客”前去详查。据说还紧急召开了由三军领袖出席的军事对策会议，集中讨论如何摧毁中、伊合建的航天军事设施。后来美国知道是虚惊一场——当他们了解到厉骇就是伊拉克代表、天文式建筑就是五星级厕所之后。他们是在某一天嗅到了该所的真实味道之后才相信五星WC不是别的，只是厕所。那天阿丙的一个下属因为怠工，没有及时清扫大便，无意飘逸出了大便的真实气味，而平时所中的气味如同庙会，到处都弥漫着点燃的香发出的香气，使美国人根本无法证实五星WC究竟是厕所还是军事设施；何况企业界人士如厕时用大哥大通话时讲话的声音总是特别洪亮，使用的又都是异常果断的词语，如：“跟他们拼了！”又如：“坚决执行我的命令！要不就……你！”听起来容易使人误解成指挥战役时发出的军事命令。

误会是误会，生意归生意，五星WC中的大哥大虽然使美国人误用了“感情”，误派了“游人”，却在当年春季为五星WC带来了可观的财源。当厉骇从一位华人美国朋友那里套出了真相以后，先是大乐了一番，然后冲到街上，见人就说：

“本厕所是美国和伊拉克合营的，是全球首创的！”

6. 最香的产业

五星WC开业一年了，第二个六月六日又顺利地到来了。该厕所在第二年的六六大顺之日，又在去年开业庆典的原址上召开了隆重的开业一周年庆典。

今日的庆典照例隆重，照例爆满，照例来了领导，照样办了酒席，照样醉倒了众多来宾。与去年不同的是今年的领导已升级了；今年的酒席已不是满汉全席，而是伊式大餐；今年醉倒的来宾已来不及用担架抬，而是借用救火车了。

今日的盛况已不是丙市空前的，而是亚洲空前的了——为了庆祝厕所的一周年生日。

五星WC之所以有了今日的风采，最主要的是该厕在柴六的带领下探索出了又一条新的致富之路。

在此之前没人有兴趣开厕所。

在此之前人们对柴六开厕所嗤之以鼻。

在此之前人们怕脏怕臭。

在此之前人们的主要注意力都错误地集中在炒股、炒楼、炒鱿鱼，都集中在与倒买倒卖挂钩的浮躁的领域，都不看重实业。连工厂类的实业人们都没有足够的耐心开，就更不要说开厕所了。

人们看不上开实业是因为实业的周转太慢。

人们看不上开厕所是因为厕所太臭。

五星WC一年来的成功不仅彻底打破了人们的保守观念和陈旧的意识，用滚滚的客源和财源向人们无可争辩地指出：

实业是可开的；厕所是实业中最赚钱、最香的产业。

在丙市人民的意识中鲜明地留下来了“要想快赚，要想快发，本世纪末除了开厕所之外再也没有别的机会了”的印象。

人们在做出了“只能开厕所”的判断之后，便根据柴六介绍的经验集体地蜂拥着到刘银开的银行、厉骇的朋友开的银行和胡思的朋友开的银行去贷款，并且都迅速得到了大小金额不等的各类无息贷款。得到各种贷款后的人们紧接着又按照柴六的经验分头去寻找各类姓李、姓刘、姓赵的祖坟，打算以最快速度将它们一一扒平，然后立即兴建造型各异的各类厕所。就这样，在五星WC六六周年大庆、当柴六在会上以丙市致富带头人的身份做了现场经验报告的一月之内，在丙市掀起了一场声势浩大的找贷款、扒祖坟、盖厕所的群众运动。又根据有关部门的规定，在丙市范围内除了五星WC之外一律不许用其他名字命名厕所，因此在短短的数月间丙市各类新开的、由各个不同部门主管的厕所落成后都无一例外地挂起了“五星WC分厕”的牌子。一时，带有五星WC天文馆式店徽的厕所在丙市范围内星罗棋布，而且全由总部的柴六统一定价和统一制订服务项目、标准，在管理上和服务上很快超过了令丙市人民既恨又爱又无可奈何的外来连锁商店，如“麦当劳”，如“肯德鸡”，如“耐克”，还有“狗不理包子”，成了第一家首创的跨市级大型连锁式厕所，成了丙市引为自豪、引为骄傲的家喻户晓的厕所。

“五星WC打响了，五星WC走红了，五星WC走出了丙市，直冲全球！五星WC要直接向21世纪冲刺；五星WC还要赶超‘可口可乐’，智擒‘米老鼠’和‘唐老鸭’，并在下个世纪开始的第一天超过“麦当劳”，登上全球最大连锁店的宝座！”

五星WC集团公司总裁柴六在一天喝多了后对老婆拍着胸脯说。

7. 柴六压根就没股份

五星WC总裁柴六是随着厕所的昌盛而火起来的，一年以后柴六的名字红遍了丙市。

柴六是丙市十大富豪之首，又是靠经营丙市最先锋的产业——厕所而致富的，自然成为丙市人民90年代中期的偶像。

丙市人民90年代崇拜富豪，与60年代崇拜造反派头头、70年代崇拜劳动模范、80年代崇拜高考状元基本上使用的是同样的感情。

丙市人民并不是有意将柴六抬高的，而是柴六本人太不平凡，柴六本人具备了太多的令人不得不钦佩的条件：

（1）柴六有钱。

（2）柴六是企业家。

（3）柴六是异性（对女性来说）。

（4）柴六不同于倒爷出身的企业家。他在有钱、当企业家、当异性以前是音乐家，是拉大提琴的，是拉《悲怆》的。

（5）柴六目前经营的不是别的，而是厕所。

其实在五星WC集团连锁公司中最有钱、最有背景、最容易登上丙市富豪榜首的根本就不应该是柴六，柴六被推为五星WC红人和丙市首富是极为幸运和极为出乎他本人意料之外的。

因为五星WC名誉董事长、总参谋长、总会计师，也就是厉骇、胡思、刘银等三人都比他有钱，也都比他有背景。在几个五星WC的董事中他最不懂事、权力最小，自然也就获利最少，是最穷的一个。因为无论从哪层意义上说他的比重都无法与那三个人相提并论。

厉骇是天文局的，五星WC是天文局下属的，从扒祖坟、盖厕所，到封周围的其他厕所都是厉骇的朋友们协助办理的，柴六能与厉骇争利吗？

胡思是开咨询公司的，认识的朋友并不比厉骇少，而且所有五星WC经营过程中的重要决策，如用五大行星给各厕命名、用发票刺激人们的如厕欲望等都是依照胡思的主意制订的，也就是说没有胡思的脑子就没有五星WC经营的成功，就没有五星WC今日的辉煌。柴六能与胡思争利吗？柴六有那个资格吗？

刘银虽然没厉骇那么多有利的朋友，也没有胡思的脑子，但刘银有钱，刘银是银行贷款的。从前、现在和未来丙市谁还能比银行更有钱，谁还能比刘银更富有？刘银喜欢给谁钱就给谁钱，想让谁富谁就富，那是刘银的职责和爱好，看刘银的心情！五星WC之所以有今日的风光、今日的风采，最根本的原因是刘银是柴六的朋友，刘银看得起柴六，刘银在柴六走投无路的人生最悲怆的时候贷款给了柴六，刘银对五星WC、对柴六如同雨露对禾苗，如同阳光对囚犯，如同上帝对基督，令柴六三生图报都恐无法偿清，柴六能与刘银争利吗？柴六有那个胆识，有那么卑鄙，有那么忘恩负义吗？！

因为柴六没资格、没胆识、不卑鄙、不忘恩负义，所以他不能与厉骇、胡思、刘银去争利。柴六在五星WC的利润分成中所占的比例不仅最小，而且小得可怜，小得可笑，小得微乎其微，小得令人不可思议、不敢相信，小得令人怀疑其真实程度。

作为五星WC总裁的柴六的实际收入其实并不比负责女部的阿丙高出多少。阿丙还有根据顾客大小便多少的提成，而柴六拿的却是死工资，是死钱。五星WC的绝大部分利润都被厉骇、胡思、刘银三人所分配，柴六根本不是能与他们平分秋色的股东。

因为柴六压根儿就没股份。

因为柴六没朋友。

因为柴六以前是一拉提琴的。

柴六的“丙市首富”的名分本来就是假的、是虚的，只因为他名义上是丙市按固定资产评定最大的合资企业——五星WC集团的总裁。人们按照90年代的逻辑将他的个人财富与五星WC的资产挂钩后便将他顺理成章地推上了十大富豪的榜首，推上了报刊和其他新闻媒体。而之所以丙市的新闻媒体那样急不可耐地将柴六作为富豪推了出来，并贴上百万千万的金额，是因为甲市、乙市早已于去年年终出了亿万富翁，与丙省比邻的甲省已于年初出了十亿富翁，而丙市在柴六的五星WC发迹之前最富的富翁的资产还未超过百万，不仅远远低于同省的甲、乙二市，还大大影响了整个丙省的平均富有水平。

丙市人民很觉丢人。

丙市人民很不光彩。

丙市人民抬不起头。

于是丙市人民便发现并发掘出了开厕所的柴六，将他用捆绑式火箭的方式隆重推了出来，将他一鼓作气送上了太空。

于是柴六就红了。

8. 那两段火红的记忆

柴六最红的那年曾有许多火红的记忆，但最令柴六感到红火的只有两件事，一想起来他就脸上发烧，就心跳过速。

第一件是他拒绝了丙市交响乐团。

那天丙市交响乐团的指挥在柴六秘书的带领下来到他的总裁办公室，十分郑重并正式地提出了带领丙市乐团全体成员集体改行，拆除音乐厅，并贷款开五星WC分厕的请求。

“晚了！”柴六听明指挥的来意后先是心脏狂跳了一阵，然后十分遗憾地说昨天已有人在音乐厅边上的另一处祖坟遗址上动了土，按照五星WC集团的规定，一公里内不能开两家五星WC。

指挥一听就急了，说柴六忘了他曾是他的下级，说柴六开了厕所就忘了高雅，说柴六忘了整个乐团里有几十名曾与他同台操琴的艺术家，忘了不仅交响艺术，厕所艺术也需要高雅，需要艺术，并发誓他们一定要将自己的五星WC分厕开成艺术与需要、高雅与本能相结合的全市独具特色的艺术厕所！

柴六听了大笑不止，全身抖动。他笑那指挥是胡说八道，是乱弹琴，是打肿脸充胖子，明明是为了多挣钱，却在他面前高谈阔论；明明是想与他同流合污却端着一副乐团指挥、艺术家的臭架子！

“你既然仍认为交响乐比开厕所高雅，你何苦来找我开厕所？”柴六问。

“你既然要开艺术型厕所，为何要拆音乐厅？我告诉你，厕所就是厕所，就是臭地方，就是恶心的地方，就是下流产业，开厕所就是下流坯子，就是坏蛋，就是不要脸！遗憾的是，这年头你想臭、想恶心、想下流、想当下流坯子、相当坏蛋、想不要脸、想放弃交响、想给我柴六打工、想开厕所还真没这个机会，没这个资格！你们那些人整天除了吹吹拉拉、弹弹唱唱之外，还会什么？你们懂赚钱吗？懂管理吗？会扫地吗？会淘粪吗？您滚吧！我尊敬的领导。指挥大人，回去接着拉你的《悲怆》去吧！回去为你的柴可夫斯基大人安魂去吧！滚！我再也不想见第二个丙市交响乐团的人！”

柴六的脸抽搐着，眼中充着火焰般的光。

那指挥踉跄着夺路而逃。

第二件使他心跳的事是他赶走了市摇滚乐团的团长。

市摇滚乐团团长来求柴六帮着开五星WC分厕本身就是自讨没趣，因为全体丙市市民谁都知道柴六自从开了厕所的第一天起最痛恨的就是那市摇滚乐团。

柴六在去年开业庆典上没能独奏《天鹅》，就是怪那摇滚乐团。

摇滚乐团团长是在阿丙的引荐下才有幸见到柴六的，他是阿丙原来在市民乐乐团中的团友，是弹古筝出身的。阿丙下岗后来了五星WC，他没下岗，投奔了摇滚乐团。

柴六先问那团长为何要放弃摇滚，改开厕所。团长说摇滚的生意虽好，但总是有休息的时候，总是一个多星期才被人召去摇滚一下，没有厕所那么不分时日，二十四小时都客源滚滚，屎尿滚滚，财源滚滚。

问明来意之后柴六就给那团长做了一番安慰工作，说摇滚乐的需求早晚会像屎尿的需要那样说来就来，来了就一发而不可收；又说虽然搞摇滚的没有玩交响的那样朽木而不可雕，但毕竟是身处音乐行业，根本就不适应开厕所所需要的环境，也并不符合开厕所所需人才的素质。90年代是经商的时代，经商者是时代主旋律的演奏者，唱的是主角，独角。其他行业，如音乐，如音乐中的摇滚队员无论是本世纪末还是下世纪末，都将永远是搞伴

他羞走了以前的领导

奏的，是干配角的，是为柴六式的主角们所开的厕所搞伴奏的，是捧场、助兴的，他们永远也没有资格与开厕所的柴六式的主角相提并论，永远没资格开厕所。

“那您开WC以前，不也是……”那位团长还不服。

“我没工夫跟你废话，你滚吧！”柴六眉心一皱，就让阿丙把那摇滚团长轰出去。

那位团长于是就摇滚着离开了五星WC。

柴六就这样干成了他在最后的那年里最令他心跳的两件事。

他羞走了以前的领导——丙市交响乐团的指挥；

他轰走了以前的敌手——丙市摇滚乐团的团长。

他大获全胜，他终于如愿。他永远忘不了当初他在台上拉大提琴时，由于指挥按拉的频率分发奖金，他有一阵总是在台上不按谱子的要求，而是手疾眼快、不看指挥地使劲乱拉，引来台下听众唏嘘，之后又被指挥扣了当月奖金的那件往事；他也永远不能忘记五星WC开业的那天，他一人孤坐在由厕所临时改装的办公室里，手抚着被自己摔烂的、曾是他的生命象征的大提琴，心里流着泪，听着室外传来的震天的摇滚乐的狂奏和人们歇斯底里的那件往事。他羞走了指挥，他轰走了团长，以一个B级的大提琴手的身份，不！以一个五星WC集团公司总裁的身份。是五星WC使他实了梦想，使他解了心里的积怨，使他在人生的舞台上占到了无人可及的最高的位置。他晕眩了。

第三章

1. 五星WC悄然倒闭

当第三年的农历六月六日又顺利地到来的时候，王氏祖坟遗址附近的居民的情绪比前两年更加激昂，都翘首等待着被邀请出席五星WC的年度庆典。

然而，六月四日到了，六月五日到了，六月六日到了，六月七日也到了，五星WC的四周还是出奇的冷清，既没有出现往年争先恐后前来“汇餐”的嘉宾，也没听见令人热血奔流的摇滚乐。原来，五星WC早已在六月之前的某一天悄然地倒闭了。

2. 五星WC消逝在辉煌中

五星WC是在办得最红火的时候突然倒闭的。五星WC连锁集团跨国公司是在最昌盛的时候顷刻间倒台的，如同山崩，如同地裂，如同云烟。

一下就烟消云散了。

在最光彩的时刻。

如同古罗马的庞贝古城。

如同成吉思汗的万里铁骑。

消逝在火山下，消逝在草原里。

消逝在辉煌中。

3. 它为何突然倒闭？

远近驰名的五星WC连锁集团厕所究竟为何突然倒闭，其原因十分模糊、十分蹊跷，不仅本所、本市的权威人士无法为其做出统一的、具有绝对说服力的结论，就连笔者也对之百思不解，欲求不得。不过，为了帮助具有好奇心的读者解开疑团，在此不妨将笔者道听途说的有关五星WC倒闭的原因介绍二三，以飨读者。

4. 别看一字之差

五星WC之所以在第二年底倒闭，与丙市当年的宏观经济局势不景气有直接的关系。

丙市那年除了厕所行业有长足发展之外，其他产业都不景气。

在那短短的一年之中，纺织业、仪表业，后来整个与机械行业有关的行业都不景气了。

其实上半年别的行业开始不景气的时候，厕所行业不仅没有受到直接冲击，反而还更红更火来着。

因为别的行业一不景气，在那些产业就职的厂长们就开始利用最后的机会大吃大喝，在那些产业就职的职工们就因害怕被下岗而急得控制不住屎尿，从而造成了对厕所行业的突如其来的、不正常的、扩大化了的需求。

其他产业开始不景气时五星WC特别景气的第二个原因，与五星WC的性质有关系。五星WC是中伊合资的私营厕所，它与其他合资企业唯一不同的是：它是私营的“公”共厕所，在它开出的报销条子上有一个公家的“公”字。别看一字之差，却大大方便了以办公事的名义开发票的客人。由于丙市的经济停滞，市政府在年初就下达了严禁用公款进行私人吃喝的指令，要求各单位只能因公消费，这样就在无意之中大大提高了“公”共厕所对顾客的吸引力。人们无论是在餐馆用餐，还是在庙里买香，凡是发生了消费行为之后都跑到五星WC来开发票，或让五星WC在他们写好的报销条上盖上血红的带“公”厕字样的章。而五星WC的章也不是白盖的，柴六要求凡来五星WC盖章的人都必须在厕内进行一次最低消费——小解。于是人们为了报销进门就尿，有的甚至还为了多报几张条子在半小时内尿上多次。当然，他们都被憋得够呛——不是憋得没处尿尿，而是憋得尿不出来。

听说有人下半年就因报销落下了毛病，不报销也需每天如厕多次。

可恨好景不长，由于下半年丙市众多的行业（除厕所行业外）的不景气，不景气到了连以因公的名义报销都没钱支付，连职工工资都没名义报销的地步，丙市众多靠公款报销为消费渠道的市民再也无兴趣巧立名目来五星WC消费了。因为即使有名有目、有处报销也报不出钱来，报销也就失去了意义，不仅没有意义，而且还会白白憋出要花钱才能撒的尿液，白白承担大小便可能由此失禁的危险，所以丙市来五星WC如厕的市民在下半年骤然下跌，五星WC在上半年中异常爆满的现象立时中止。五星WC从第七个月开始经历前所未有的营业额呈跳楼趋势的下跌。在上半年中鹤立鸡群、在不景气的恶浪中中流砥柱的、令丙市媒介赞不绝口、令丙市引以为荣的五星WC连锁集团公司的状态，就这样在第七月为不幸的起点，连天、连周、连月、连季地一步步后退，一天天失禁，一寸寸萎缩，一直退到第三年的尽头——六月六日的那天，一直退到再也支撑不住，一直退到倒闭。

如果将第三年的全年经营状况用厕所行业的行话进行总结的话，那么上半年的尿源则如滚滚洪流，下半年的尿源则如关闸断水；上半年如大涝，下半年如大旱；上半年的来客本着“不尿白不尿”的原则慷慨解囊，下半年的来客都凭着“肥水不流外人田”的态度滴水不漏。其结果就是上半年五星WC大赚，下半年五星WC大赔，而上半年所赚的远小于下半年赔的，于是一到第三年尽头——六月六日前的某一天，五星WC就倒闭了。

5. 插错地了的仙花

仙花和阿丙的相继离去也是五星WC倒闭的原因之一。

最先离去的是仙花。当初她被柴六从人才市场牵回五星WC时心情万分沮丧，她万万没想到柴六所说的“软件开发部经理”的工作实际上是厕所男部经理。她知道真相后哭着大骂柴六，说柴六是人才市场上的人贩子，说厕所工作与她所学的专长流体力学风马牛不相及。柴六是在做了一番细致的思想工作后才将她的心留下来的。柴六说虽然她学的专业与厕所专业有些差距，但基本上算是同行，因为厕所中排出的产品也都是滚着、流着的。柴六还说她除了专业上的专长之外还充分具备了做人的最优秀的品质——她是女的、是异性，对于男人来说。90年代的人只要是异性，只要是有一定吸引力的异性，那么就是好人，是纯粹的、脱离了低级趣味的，值得人们关心爱护、值得人们崇敬和幻想的最最可爱的、大写的“人”。

柴六的一番话着实感动了仙花，使仙花有生以来第一次认识到了自己作为女人的人性的价值。

“上半辈子全让读书给虚度掉了！”她叹息到。

明白了人生的真正价位和女人的真正价值的仙花打那以后便对五星WC厕所男部经理一职始终尽心竭力、一丝不苟。她每天总是一丝不苟地打扮，一丝不苟地带领部下在厕所前面列队对来宾微笑。总之，在五星WC中的两年多来她做什么都是一丝不苟，都不留一丝的余地，她的一丝不苟使来五星WC如厕的男宾如蚂蚁成批而至，使五星WC的意义远超于新陈代谢之上。可以说，没有仙花就没有WC的香气，没有香气的WC就根本不能被称为人们心目中和灵魂中的WC。所以说她的离去对五星WC来说是致命的一击。

她是在第三年的年中离去的。据说是得了一种莫名其妙的绝症撒手人寰的。

她死得十分悄然，也十分突然，她是在丙市市属医院的一间隔离病房内，在第三年五星WC经营最火爆的那个月的某一天的清晨离去的。

有人说她得的那种病丙市前所未闻，因她在捶背时太一丝不苟、太忠于职守、太急不可待地表现。还有人说她之所以想表现她作为女人的价值，是因她想向柴六、向五星WC、向整个丙市的全体人民证明她作为地球上一个生命的能力和用途，她并不是一个废物，并不是一个在人才市场上永远流荡的多余的闲人，于是她就用心去捶背了，不计后果地、义无反顾地捶背了，并因之死去了。

仙花离去了，顾客也就离去了，因为五星WC中最鲜的一簇花就是她。没有仙花的五星WC已没有了能吸引顾客不远一里、十里、百里、千万里前来如厕的香气，于是人们也就不再来了。仙花刚走时先是男厕的人流骤然下降，紧接着便是女厕。因为很多男女都是成双成对地如厕的，男的不来了，女的自然减少。

在仙花死去半周年的那天，也就是五星WC正式倒闭的那天清晨，有人又从五星WC前经过，看到天文馆式的建筑面前人迹杳然，只有阶前的一簇鲜花。

阿丙也走了。阿丙的走对于WC中的员工比较突然，对柴六则不突然，因为阿丙是被柴六炒走的。

柴六也说不清他为什么要炒阿丙，他前后想了半天得出了以下几个令他大致能说服自己的原因：

（1）他想炒人，他有炒人的需要和欲望。他之所以想炒人、想解雇人是因为他是老板，他雇了人。换句话说，按他的观察和理解，社会上凡是当了老板的人都应该炒人，不炒人的人严格地说就不能被归类为老板。再换句话说，没炒过人的人就无法证明自己有当老板、能炒人的力量和本领，就不能真正实现作为老板的那一部分的人生价值，就白白当了一回老板。

柴六在开WC的前两年一个人都没炒过，因为他是拉过大提琴的，是音乐家，在开WC前只会横着拉琴，只识乐谱，不识菜谱，更不忍心用火去炒鲜活的鱿鱼，何况是炒人？炒活人？！于是柴六在前两年中一条鱼都没炒，一个人也没解雇。

后来柴六醒悟了，后来柴六识时务了，柴六开始动炒人的念头了，因为他总觉得不炒人的他不仅没有博得人们对老板那样的起码的尊重，反而人们总用一种不伦不类的、带讽刺性的眼光看他，还怀疑他作为五星WC主人的合法身份。他不能再心慈手软了，他不能再无所事事了，他感到了手的痒痒，他感到了心的悸动，他体会到了一种刺激和冲动，于是，他就把眼光投向了阿丙。

（2）阿丙是搞音乐的。柴六想炒人，这可以理解，但为什么被炒的就一定是阿丙呢？因为阿丙也是搞音乐的，因为阿丙也是拉过琴的。拉二胡的阿丙当初被柴六看中后带回五星WC时，也像仙花一样闹了一阵情绪。他之所以愿意被柴六录用是因为柴六在人才市场告诉他，今后的工作将与他以前的专业十分对口，也是与“拉”字有关系的，但他万没想到柴六所说的“拉”不是拉琴，而是拉屎。柴六听了他的抱怨后先给他上了一课，说丙市民乐乐团都解散快一年了，你都下岗快一年了，还假装什么高雅，还打肿脸充的什么胖子；又说在目前的丙市与拉二胡最对口的专业就是拉屎；还说不信看看他柴六，在交响乐团干了十几年，高雅了十几个春秋，最后不也开了厕所？柴六的一番话将阿丙的怨气和火气一下子就打消了。虽然阿丙拉的是民乐——二胡，却一直对大提琴十分敬仰，一直认为虽然同样是拉，拉西洋提琴比拉中国胡琴要高雅许多。不只是他个人，整个丙市民乐乐团的演奏员都抱有这种想法，都普遍认为与交响乐团相比自己的乐团是二路货，自己是二流演奏者，演的是二流的音乐。他们还从大提琴的“大”字和二胡的“二”字找到了认为自己是二流货的佐证。

当时被柴六雇来的阿丙一想到这里，看看拉大提琴的柴六，再看看下岗了的拉二胡的自己，也就没话好说、没屁好放，心甘情愿地留下来当女部经理了。

柴六之所以让阿丙去当女部的负责人，是因为阿丙是拉过二胡的，他从没听说过拉二胡的人有过作风问题，所以比较放心。

柴六之所以将阿丙作为他炒的第一条鱿鱼，也还是因为阿丙是拉二胡的。阿丙虽然在厕所高就，却一直顽固地保留拉二胡的人的本性，一直不改拉二胡人的恶习。阿丙无论是在接客，还是在打扫厕所时嘴里都一刻不停地哼唱他早先在乐团里最得心应手的曲子《泉颂》。那首曲子虽不难听却不能令人感到振奋、感到兴奋，不能令人体会到在现代五星WC中如厕的身临其境的喜悦，那是一种悲伤的调子、悲观的调子，是催眠曲，是对五星WC的诅咒，是与时代的摇滚节奏格格不入的噪音！

柴六曾经在过去的两年中多次批评、指责阿丙，让他停止在厕所中哼唱那种不合时宜的、不务正业的曲子，并让他静下心来，一心一意地从事本职工作，一心一意地干好厕所，不要主次不分，不要白白虚度了大好的青春时光。

阿丙听后只是口头答应，却从不落实到实际行动上，仍是一边当经理，一边哼《泉颂》。直到第三年后半年的一天，柴六再也忍不住了，再次提醒住嘴，并警告他如果再本性不改，就炒阿丙的鱿鱼。他没想到阿丙听到后不仅没怕，反倒反唇相讥，揭了柴六的短处。阿丙说柴六根本就没资格说他不务正业，他本人比阿丙更不务正业，更心猿意马。阿丙说全所的职工都亲眼见到柴六如厕的时候总爱端着拉大提琴的跨马蹲裆姿势；阿丙说有的女客在如厕的时候曾亲耳听过柴六在窗外哼唱《悲怆》中的悲伤旋律，令女客心情不佳，无法快乐小解；阿丙还说有人反映柴六在厕所上下巡视的时候都总是踏着《悲怆》中那段圆舞曲中的碎步；阿丙又说在全所上下几十名员工的心目中柴六根本就不是什么企业家、老板，而是打着上流事业的旗号做下流事业的伪君子，是身在WC心在交响乐，身在连锁集团心在交响乐团，身在屎尿拉撒心在琴声悠扬，身在商场心在音乐，身在中国人民币心在俄国柴可夫斯基的彻头彻尾、里通外国，出卖理想和灵魂的、出卖时代的，被时代所淘汰、被时代所不嗤的，可怜的大骗子！

“你可以走了，回去拉二胡吧！”柴六听完后对阿丙大吼一声。他面色铁青。

6. 点子一下没了

胡思的咨询公司碰巧也是第三年头上倒闭的。胡思的咨询公司在倒闭的头一年还正经红火了一阵子。那个公司本来名气不大，在人们印象中只是替那些既缺心眼又急于经商的人出出主意、卖卖点子，从而赚些小钱的二流公司。但自从五星WC走红之后，由于谁都知道——从胡思嘴中——五星WC之所以开得大红大紫是因为从胡思的咨询公司获得了灵感，这使胡思的咨询公司一下名声大振，来宾应接不暇。因为人们从五星WC的事例中坚信，只要听了胡思的主意，肯定会像柴六一样在转眼之间大发，在来年之前大顺。受到热情来客的鼓舞和鞭策，胡思在前两年间又凭着驰骋的想象力和硕大的胆子为他的顾客出了许多点子，指出了许多生财之道，比如开火葬场、开姑子庙、开阿春馄饨馆；又比如倒球票、倒邮票、倒千年古物等，在他的指引下许多人还真不同程度地赚了钱，有极个别的还真在短期内暴发，成了该家庭、该院、该街道的首富。不幸的是胡思在名声最响的那几天做砸了一笔生意，出错了一个点子。他按照南方某省某人用中国罐头换俄罗斯飞机的榜样指导丙市一家贸易公司将丙市生产的丙级罐头也成车皮地运往俄罗斯的一个邻国，打算也给换回几架飞机，多开几条航线。没想到那家贸易公司因赚钱心切，没注意强调丙级罐头的质量，运出去的都是令俄国邻国人民无法下咽的丁级罐头。于是该国人民也照方抓药，放松了对运往丙市飞机的质量管理，具体说来就是忘记了在运往丙市的飞机上安装能使飞机着陆的设施，结果那些飞机上天以后就失踪了，没按原计划降临。虽然这个点子和这笔生意对于胡思的咨询公司来说属于普通业务，其金额并不大于开火葬场、姑子庙的费用，却令市民极为恼怒和失意，因为丙市为迎接那几架飞机的到来特意在年初更新了机场的全部设施。由此胡思连同他的点子公司名声狼藉，成了众矢之的，并在那笔生意做砸的第二周就被迫倒闭了。

按说胡思的倒闭不应与五星WC有直接关系，但因市民的记忆力都极强，都记得五星WC也是在胡思的主意下开业并走红的，于是就掀起了“五星WC是否也有质量问题”和“五星WC何时倒闭”的讨论风潮，那股风潮一直刮到五星WC真正倒闭那天才彻底平息。

7. 后台突然倒了

厉骇也是五星WC倒闭前被天文馆解职的。天文馆解除了他永久顾问的职位后便彻底地将他从天文界、哲学界和企业界开除了。具体过程是这样的：在天文界解除了他的一切职务之后，他原来兼职的哲学界就对他在哲学领域的建树和成就产生了怀疑，直至怀疑他所留学的整个区域的现代和古代的哲学思想的价值及水平；当他在天文界和哲学界的声望开始动摇之后，他所兼职的另一个领域——企业界也随之对他的背景和前途产生了疑问。其实企业界也是无辜和迫不得已的，因为整个丙市社会在得到了厉骇在天文界、哲学界的地位松动的消息后，立即对厉骇挂名的所有企、事业单位的信誉和经营状况产生了疑虑，并将这种疑虑付诸行动，比如不去厉骇挂名的商店购物，当然，也包括不去厉骇任名誉董事长的五星WC如厕。

厉骇是突然被解职的。关于解除他职务的理由天文馆做了长达一个星期的说明，说他从思想作风到工作作风、生活作风都不是特好，说他在天文馆当顾问的整个过程中没做过一件与天文有关的工作，而整个天文馆的所有工作又必须听他的顾问，致使整个天文馆几年之内除了开五星WC之外没做出一件对得起丙市市民的实事，辜负了全体市民对天文事业的期待。总之，在新任局长列举了所有关于厉骇的不是之后，人们得出了厉骇根本就不是东西，因为他不是东西，就必须解职的结论。

关于厉骇被解职的原因小市民还有另几种私下的猜测。小市民认为厉骇之所以被解职，第一个原因是新任天文局局长是刚从美国留学回来的。

听说厉骇在刚被宣布解职的时候还不服，认为自己在各界都有许多有力的朋友，但一周之后他就服了，因为他认识到自己一旦被解了职，就没有一个朋友了。

厉骇的解职对五星WC生意的损失是巨大的，是无法弥补的。因为他是天文馆的化身，是厕所意义的赋予者。在此之前人们在选择厕所时将五星WC放在最重要的位置，不是因为别的，正是因为五星WC不是通俗意义的厕所，是厉骇名誉董事长的厕所。至于人们为何愿意上厉骇开的厕所，不同的人有不同的想法：有钱的人之所以来，是因为厉骇在丙市是既有权又有钱的五星级人物，如果不上厉骇这类人开的厕所就会有失自己的身份，所以他们无论路途多远，不管阴天下雨，也要绕过那些三、四星的厕所，专来五星WC如厕；那些没钱的人专程来五星WC如厕是因为羡慕那些有财力来上五星级WC的人，是想来开开眼界、长长见识，以便日后也混到享受五星级服务的档次。虽然他们也曾想过到五星级宾馆去住住、去看看，以达到上述目的，但由于那里的消费远比五星WC高，使他们无法负担，于是他们便来投奔五星WC了。

厉骇的解职大大令前两类客人失望，因为没有了厉骇式五星级人物的厕所，不属天文馆管辖的厕所在他们的心目中根本就不能被称为厕所，根本就没资格让他们上，既无来头又无品位，他们前来除了拉屎撒尿之外还有什么意义？如果只为拉屎撒尿，在家里、在大马路上、在光天化日之下不一样能拉撒吗？傻瓜才来五星WC拉撒呢。他们想通了，也就不来了。

8. 只费了一颗子弹

从经营的角度来说，无论是丙市经济的不景气，还是仙花、阿丙的离去，再有胡思和厉骇的失势，都还不足以将五星WC逼到倒闭的边缘，因为以上几条都是与人有关的因素。经济不好虽使丙市客源下降，但甲市经济尚好，可以从甲市吸引；仙花、阿丙虽然一死一炒，但人才市场比往年更人才济济，可再去那儿挑；胡思的点子是馊的，可以另请高明；厉骇的后台倒了可以再搭，反正五星WC是个实体，只愁后台不硬，但并不缺少后台。真正将五星WC推到倒闭边缘的并不是人的因素，而是钱的因素。中国人有的是，但钱却奇缺。刘银的死使五星WC一人没少（因为刘银根本就不是人），却少了钱。

刘银是被枪毙的。刘银死得十分简单，只费了一颗子弹。刘银之所以浪费了一颗子弹也是因为他是专管贷款的。他被发现生前所贷的款项都有去无还，都贷给了亲朋，绝大部分都用于扒了祖坟，或盖了厕所；他被发现在他生前的短暂时光中贷光了丙市市民二十几年的积蓄；他被发现贷光了丙市下一世纪所有国民经济必要的重点项目的款子——都用于修建了厕所。

刘银的死令柴六既震惊又意外。他震惊的是贷款也算犯罪，他意外的是刘银一死，银行马上派人来向他讨债，问他要前两年半五星WC所欠银行的本金和利息。

“你们贷款还要利息？！”柴六傻呆呆地看着前来要债的银行新任贷款负责人。

“刘银亲口对我说大家都是朋友，我如果提利息二字就跟我拼命！”柴六又边退边说。

那天银行的人向柴六发了限期交上欠款的最后通牒后就在警车的引导下回去了。那警车再一次向柴六表明银行真的需要本金和利息。如果他不在期限内交清，那警车下次就是为他预备的了。

想到这些的柴六再也不缅怀逝去的刘银了，而是在心里大骂刘银。是刘银使他长期以来形成了使用所有银行的贷款都没必要还钱的观念，而他从未在计算五星WC的经营成果时将欠银行的贷款计算在内，直至刘银被子弹送走的那天。

那时正是五星WC的经营每况愈下的时刻，正是仙花、阿丙、胡思、厉骇相继死亡失势的时刻。五星WC由于客源骤减正入不敷出，又出现了银行前来讨债的警车。不知为什么，身临绝境的柴六糊里糊涂地想到了《白毛女》中的杨白劳，将自己想成了杨白劳，他觉得特别委屈、特别无奈，也特别无助，于是他就哭了。他哭过后马上又强打起精神，哼起了《悲怆》中那段最激昂的旋律，他发誓要在最快的时间里重振五星WC，在警车到来之前连本带息还清银行的贷款，为五星WC洗清欠债不还的罪名。

然而事与愿违，五星WC在第三年下半年的最后几个月中经营状态一落千丈，五星WC的来宾急剧下降。人们之所以很少光顾五星WC，是因为人们知道了五星WC与被枪毙了的刘银有过干系。当人们得知了刘银被枪毙的消息，又弄清刘银曾在五星WC担任过名誉总会计师后，就再也不愿意来上厕所了，无论屎尿多急，无论是否有被憋死的危险。他们宁可被憋死，也不愿被枪毙。

就这样，五星WC在临倒闭前已失去了丙市天文馆的直属单位和名牌企业的光环，成为与被撤职的厉骇和被枪毙的刘银有瓜葛的、财务上负债累累的、只供拉屎撒尿的一个普通厕所。五星WC不仅白负了WC的盛名，还辜负了市民对它的美好的期望，不再是致富的榜样和模式。由此它香气顿失，冒出了本然的臭气。它不仅臭，还大臭特臭，它臭得人人捂鼻，它顺着十里的春风，一直臭出了十里百里。

9. 他活活憋死了一个人

五星WC是在农历六月初的一天最终倒闭的，促成它倒闭的是一个偶然的突发事件。

那是一个十分令人费解的、令人不敢相信的事件。

那天早晨五星WC前活活地憋死了一个人，是被尿活活憋死的。说起来没人愿听，但却是真的。

那个被尿活活憋死的人因为急着小便，又没带钱，四处找不着厕所，就被活活地憋死了。

那纯粹是一个意外，是不该发生的事。当那人被尿憋得气喘嘘嘘、上蹿下跳地要破门而入五星WC时，守门的警卫通知了柴六，柴六一开始有意让他进WC白尿一次，尽一次革命的人道主义义务。但当他从办公室的窗口眺望到那前来如厕的顾客的那张急切的脸时，他一下改变了主意，命令警卫死活不让那人进来白尿，并让警卫转告那人，如果他不要面子、不要脸、不讲原则、不爱护环境卫生，他可以将尿尿到五星WC前方圆几百平方米的空场上，五星WC保证不让人来收缴罚款。从而使五星WC的全体职工和客人，使五星WC四周几百户居住在宅楼的居民都可现场直观他当众尿尿的情形。

他活活憋死了一个人

那里十分空旷，一棵树也没有。

柴六之所以不让那顾客白上厕所，之所以让那人在大庭广众下现眼，之所以让他在众目睽睽、在光天化日下撒尿，是因为柴六想让那人充分认识到金钱虽不万能，但没有钱连拉屎撒尿都不能的铁的道理，让他在残酷的憋尿的过程中反省没带钱或是根本没钱可带的后果，让他认识到柴六在五星WC中任拉任撒的自由，让他从那痛苦的过程中反思他过去对柴六所做过的埋没人才、胡乱指挥的错误，认识到柴六之所以沦落到开厕所的地步全是他前十年失职的过错，意识到柴六之所以终生再也无缘拉大提琴，再无心听《悲怆》，再无意咏唱《天鹅》，是因为他将丙市交响乐团引入了世纪末的绝望的、不景气的边缘；认识到是他浪费了柴六的青春，是他毁掉了柴六的理想，是他让柴六在余生中，在WC中痛苦地、长期地忍受如同被尿活活憋着的、有苦水不能外倒、有话不能倾诉的永无止境的痛苦和煎熬，是他让柴六在下半生中活活地被憋死！柴六也要让他忍受同样的痛苦、同样的煎熬，他如果不想被憋、不想受苦，想再指挥，想再拉大提琴，想再拉《悲怆》，想再唱《天鹅》，就要先当众尿尿，就要先当众受辱，就要先将灵魂和脸面狠狠地摔在坚硬而冰冷的水泥地上，就要在千万双眼的注视和戏弄下，在刺眼的天日下活生生地、麻木不仁地、脸不变色心不跳地撒尿！

那个被憋死的人不是别人，正是柴六的前任领导，交响乐团的首席指挥。

只见那指挥在几百双带着戏谑目光的注视下，先是痛苦地求饶，后是拼命地挣扎，再是开始动摇，表现出马上要当众尿尿的样子。但当他在人群中发现了柴六，并与柴六的目光对视了一下之后，他似乎立即意识到了什么，脸上马上呈现出视死如归、宁死不受屈辱、誓死捍卫面子的意志和决心。只见他始终死死保持一个姿势岿然在原地伫立，纹丝不动，直到被活活憋死为止。

他死前的那个姿势使人联想到了他站在指挥台上的那些庄严的时刻。

当柴六在瞬间意识到指挥是真的在玩命、真的要把自己憋死时，拼命向楼下冲去，但已经来不及了。

10. 祖坟下面的哭嚎

五星WC是在第二天倒闭的。丙市交响乐团指挥被五星WC活活憋死的事件引起社会民众极大的激怒。整个社会舆论和新闻媒介立时纷纷扬扬，广大群众以极大的热忱和愤慨关心并评判该事件发生的始末，一致认为这种千古奇谈之所以发生，完全是刘银一类人的过失，是对丙市人民自古以来崇高风尚的羞辱，是对以交响艺术为代表的所有高雅文化和文明的讽刺和嘲弄，是给本世纪抹黑。有人甚至提出要追究与憋死指挥有直接干系的柴六的刑事责任。但另一部分为柴六辩护，说柴六为尽快上缴拖欠国家银行的贷款，严格执行上厕所收费的原则，是一种超出个人感情趣味的、大公无私的、大义灭亲的、高尚的行为。

五星WC就是在那一片纷纷扬扬的议论的高潮中关门的。柴六也是在那片纷纷扬扬的议论声中从五星WC的遗址、从王氏祖坟的遗迹、从周围几百户居民的目光中悄然隐退的。

有人在五星WC关门后又前去造访，发现那里已是荒草萋萋，除了那座圆顶式建筑依然如故外，已人迹皆无。四周的居民因为听说那里夜间时常传出鬼哭狼嚎的声音而对之望而却步。

有人说那种声音听起来像是王氏祖先。

有人说那种声音听去像是仙花。

有人说那种声音听去像厉骇。

也有人说那种声音听去像是指挥。

更有人说那种声音听起来像《悲怆》和《泉颂》。

总之，那声音听起来十分凄婉，十分哀怨，十分怀念，十分悠长。

11. 尾声：《天鹅》的归宿

又过了一年，人们好像在丙市的人才市场上碰见过柴六，见他在市场上四处寻找丙市交响乐团的招工摊位，但却未能如愿。

再过了一年，在一个晚霞即将消失的夏夜，人们发现柴六面无表情地、径直地向湖的中央走去了，一直走进那被晚霞映得血红的湖水里。人们看见他的手中提着一把破碎的提琴，人们听见湖中传出了《天鹅之死》的悠扬而凄婉的琴声。那天他与往常一样，柴可夫斯基般清癯而庄重的面庞上架着一副中式的深度眼镜，镜片下是一对悲怆的眸子。

当晚霞最终消失的时候，那首《天鹅》便终止了；在那音符终止的地方，人们只见一泓清澈的湖水。

第二天一早，五星WC就被推倒，另一座新式五星级建筑在它的废墟上拔地而起。该建筑将在新世纪到来之前举行开业大典。

在时代的摇滚乐中，在BP声中。

撒尿小孩儿

关于庄总：庄总既非余力的表哥，也非柴六的表弟，因为庄总姓“庄”。庄总毕生的最崇高愿望，就是能有地方供他无忧无虑、心静气地撒尿。

1. 不是“装孙子”的“装”

庄总姓“庄”，“庄重”的“庄”，不是“装孙子”的“装”，因为庄总根本就不用装，他是真的“总”，屈指可数的豪华酒店的副总经理。

90年代的中国是一个人才辈出的国度。改革的春风吹得天公抖擞起来，仅二十年的工夫，中华大地上就应运而出了数以千万计需冠以“总”字才能称呼的人才，如总经理、总会计师、总监、总管、总经济师、总裁、总裁助理、总导演等等。他（她）分别出自公司、总代理、总行、歌舞总汇、总承包、东北菜总汇等等，加上姓名则衍变为张总、李总、王总、牛老总、吕老总、马老总、佘（猪、牛、驴、马、蛇）老总等。

随着80年代初兴起的干部年轻化，紧接着又兴起了全国性的“老总”年轻化。刚刚几年的工夫，神州大地上便雨后春笋般地茁壮成长出一茬看上去使人联想起抗日战争时期儿童团员的年轻的“老总”和“总”们。他（她）们的数目之多和分布之广使得未来学家大声惊呼：如果带“总”称呼的人数与国民经济增长率一样以每年10%的两位数增长的话，用不了一个世纪，它将取代

70年代前的“同志”、80年代前的“师傅”，而成为中国最通用的称呼方式。极少数思想保守的人士甚至警告：它的普遍使用最终会使几代人浴血奋斗打下的江山改变颜色，因为解放前老百姓管国民党兵也叫“老总”。

科学地分析起来，其实中国“老总”数目增多的主要责任并不能都怪到那些总经理、总代表、总监们头上，一个公司总不能缺少“总经理”，一个代表处总不能没有“总代表”，一个部门总不能不见了“总监”，因为一旦没人监督了，人们的自觉性是万万指靠不上的。”老总”泛滥的最根本原因是“副总”们太多，不，准确地说，是因为人们将“副总”的“副”字在称呼时省略掉的缘故。

汉语自古就是一种极为严谨的文字，尤其是古汉语，古汉语最讲究的是一个字不多，一个字不少；但奇怪的是20世纪末人们称呼彼此职务时，偏偏有意无意省略表示次一级别的那个“副”字，像吃鱼时对待鱼刺一样将之避开，或将其挑去，要不就干脆将其忍痛咽下去。明明是副部长，称其为部长；明明是副总经理，称其为总经理；明明是副总监，称其为总监；依此类推。

中国自古官多，连正职都没有怕多的禁忌，如汉代有左将军、右将军，清代有总督和巡抚，当代有军长、政委，有市长、书记。二者大致平起平坐、相互节制。在设本无争议的副职上就更无质量和数量的规矩可循了。一个处里除了清扫工之外均为副处级待遇以上官员的事绝非笑话。90年代的中国进入了国民经济全速发展时期，仅上海浦东每天就有几家公司注册挂牌，其规模不是总公司就是集团公司，虽然这些公司从责任形式上都是“有限”的，但经理的数目却是“无限”的。假设一家公司设一个总经理和五个副总经理的话，浦东一天就有六人在众人“赵总、孙总、钱总、李总”的尊称下踌躇满志地上任；全国光几十个开发区一天就生产出数以千计的总公司的“老总们”。如果再将每个下属部门的长都通称为“老总”的话，这绝对是一个以几何级数产生和裂变的数字。

庄总就是80年代末被时代命名为“老总”的那一拨儿幸运儿中的一个。庄总所任职的太平饭店中除了总经理之外，下设八个副总经理，分管四个部门，庄总是主管财务部门的两位“老总”之一。

称呼庄总“幸运儿”是对他的不恭，因为他的实际年龄已五十有六；称他“老总”则是名副其实，尽管他是副职。与那些嘴上无毛只有乳臭的少年“老总”们相比，庄总被称为“老总”是绝对当之无愧的。

2. “我是他妈的老外！”

庄总在太平饭店的八位副总经理中虽然在座次上算不上优先，可地位上却为八人之首，就连真正的正经理也对他有三分的敬畏。其原因有二：一是因庄总掌握着该店的财政大权，店中的柴米油盐、工资奖金，凡是与钱沾上一点边的事，都要在庄总的眼皮下通过，总经理本身是无权决定的。二是庄总并不是中国人，准确地说，庄总是中国人但不代表中国人的利益，他是外方代表。进一步说，庄总是中国人又不是中国人。关于这一点，下文会有进一步的交代。不过有一点在此必须补充说明一下，以澄清庄总的职能。太平饭店是一家中外合资的酒店，中资和外资各占一半，庄总是代表外国投资方常驻该店的代表，虽挂副总经理印，却占有酒店的半边天，又掌握财政大权，自然有与总经理平分秋色的地位。

庄总的履历表上写着这样几行足以使总经理和其他七位副总经理心服口服的字迹：

马来西亚出生，香港著名私立中学毕业，国内某南方工科大学毕业，美国某大学某分校MBA毕业，之后就职国内某贸易财团，任长驻欧洲及东南亚某国代表，足迹遍及五大洲的四十多个国家，家住北京某小区，同时在香港有一幢私宅，手持中国及美国某保护区（大概是关岛）两本护照，通晓英文、马来文、广东话、闽南话、国语……长相侧面看不像中国人……

以上记载的仅仅是庄总壮丽前半生生命交响乐的主旋律。

每当弹奏一部名作曲家的传世之作时，演奏者往往刚在琴前坐定，手放在琴上轻轻弹奏出主旋律那几个简单的音符，马上就能抓住听众的注意力，令听众以顶礼膜拜的心态屏住呼吸听演奏家继续弹下去。

如果将庄总的有限人生定位于百年的话，年近花甲的他刚刚写完四章生命交响乐的前两章。他身兼作曲家和演奏家二职，而且演奏的功力高于作曲。就像上面所说的弹钢琴的人一样，庄总总是愿意用舌“谈”，而不是用手“弹”他的主旋律——他那令人敬仰的履历。

每个第一次与庄总接触的人都会在十分钟内从他口中听到如下几个音符：MBA、美国、马来西亚、外国护照……庄总如同一个娴熟的演奏家，将这些携带着主题基调的音符掺杂在寒暄的笑语、重要的公务、对社会的谈论等内容中滴水不漏地“谈”出来，听后使人昏昏然、迷糊糊，但却长久不忘。就像听了一晚上的《沙家浜》，最后谁都不会忘记阿庆嫂曾把胡司令埋到水缸里一样。即使几年之后你再也想不起与庄总如何寒暄、谈的何等公务、他对社会表现了何等的不满，甚至因记性不好连庄总究竟长得什么样都记不清了，但你只要还记得世上有庄总其人，耳边便立即会回荡起那美妙而壮丽动听的音符：MBA、马来西亚生、外国护照、外国代表、香港有宅……

至于庄总会英文和广东话，庄总从来不特别向人介绍说：“我会英文！唔会讲广东语！”那样就太有失身份了。庄总也采取弹钢琴的方式，不过不是主旋律，而是以扮演的方式将其表现出来。往往在十分钟的谈话之中，你可以从庄总口中听到十个左右的Yes、No、“母鸡”（不知，广东语）、“木塞”（不谢！）、Sorry等等。它们有高有低、有轻有重、时隐时现地游荡于MBA、美国、马来西亚等表现主旋律的音符之中，像一个个装饰性或是表示音高的标点，既烘托了主题又带着自身的魅力，与前者相辅相成。

庄总就是这样以一个自身资历“弹琴家”的姿态，边“弹”边一步步走进每一个与他第一次相识的人的视线中的。他右手“弹”着那 90年代最令人起敬的西洋基调、左手“弹”着Yes、No等既修饰又证实主题的伴音，走向了你，走进了太平饭店，走向了人生舞台，他的“琴声”向你、向饭店、向世界庄严地宣告着：

“我老庄是名副其实的外方代表！我是他妈的老外！”

3. 先看庄总的头型

据说数学经历了几个由低到高、从直观到抽象的发展阶段后，便达到一种对数字的迷茫、浑然的认识和研究层次，曰“模糊数学”。

那些研究模糊数学的学者们在第一次与庄总相见时（如果他们真的有缘相见的话），一定会找到一种与自己的研究对象偶然相会的感觉，准会油然产生一种相见恨晚的激情，因为庄总的外观、整体形象和面部表情太模糊了、太神秘了、太高深莫测了，能使人联想到宇宙之深奥莫测和无穷变化。

庄总有一个与一般中国南方男子一样的，并不高大，十分精巧瘦弱，但看去十分有韧性的身材。与成千上万个现代企业经理一样，庄总将那灵巧的身子装进了一套西式的洋服之中，但与其他大大小小的经理们不同的是，从庄总的那套藏青色西装上看不出丝毫中国特色，它一眼看去就知道是百分之百按照西方人体形和款式制作的，制作精细、用料考究。从庄总那足迹遍及五大洲的经历来分析，很可能这套西装是庄总在欧洲某个男装店选购的最小码。陪衬这套高级西装的是庄总上身穿的衬衣，它总是被浆洗得雪白挺直，将庄总领带上别着的镀金领带卡子和腕上的金表映衬得宛如雪地上的珠宝一样熠熠耀眼。尽管酒店的同行们会说庄总总是身着雪白衬衫一事并不足为奇，因为具有他这样身份的高级主管在店里浆洗衣服是免费的，但在得知他一天要换两次衬衫之后，都不禁为他在洁净上的刻意追求而折服。

曾经登过黄山、庐山的人莫不为山中云雾变幻的奇妙和山峰的险峻而感叹，但如果将庄总的头部冒昧地比作山峰和山顶上的丛林的话，有幸一睹的人肯定会对“到过黄山不看山”的箴言产生怀疑。

先看庄总的头型。

事先应该声明的是庄总并未长着一个领袖人物才有的那种硕大容器般的、看上去蓄积着新旧思维和智慧的大脑袋，他的头属于中号偏小型的，但是“山不在高，有仙则灵”，人们从庄总那被并不多的黑发覆盖着的头上却可以领略到三山五岳般壮丽的景观。

“横看成岭侧看成峰”是描绘庄总头发款式的佳句。他额前的头发十分稀少，并有些秃，颇似山脚下被山洪破坏了的灌木丛。穿越过稀稀拉拉的丛林后便可看到左、右两座耸起的高峰，右峰偏高，因为庄总的头发是向右边梳的。沿着区分左右的像是山谷一样的缝隙穿行一段，便可俯瞰左边山梁的险峻，仰观右峰云雾缭绕的神奇。这时如果有拥有凌云之志的攀登者欲一气攀登到右峰顶端的话，必须换上带铁钉的防滑登山鞋，因为庄总的头上抹满了头油，而且有些地带年久失修，有与泥石流等险情相遇的可能。当游客历尽千难万险爬到右顶峰之后，便会体会到“会当登绝顶，一览众山小”的意境了。除此之外，游客还会惊奇地发现在顶部有一个日本富士山顶同款的山顶盆地，看上去呈洞状，原来那是他头上唯一的一个旋儿（俗话说“一旋儿横”，但庄总是个例外），爬到那个旋儿的边上往下俯瞰，但见云雾弥漫，有深不见底之奥妙，正是“天生一个仙人洞，无限风光在险峰”！

“水不在深，有龙则灵”，可用来形容庄总的双眼。

庄总的眼神与“深邃”“深刻”等字句绝无半点关联之处，它们有些大、有些凸，眸子略带黄色，整体像有两条黄鳝游戏于两个泥潭，虽看上去有些浑浊但颇具动感，不时泛起激情的波纹。那的确是一双与一般年近六十的男子极为不同的眼睛。它们并没有丝毫老化的迹象，虽然流露出主人久经岁月磨炼的老练，却不失瞬息可见的诚意，偶尔还略带少年般的天真。

庄总与一般中国人最不同的一点在于他耳边的两条大鬓角。那两个大鬓角又粗又黑，而且卷卷的，从耳边直垂到脸颊下部，如两条从天（指天庭）而降的盘龙，又似舞台两边对称下垂的帷幕，而那正中舞台上演戏的正是那些虽不十分整齐却又十分对称的五官。

没错，庄总的整个面部就是一台内容丰富的大戏，嘴便是唱歌的演员，跳动的双眸便是游斗的武士，而那没有一点儿外国特色的矮小的中式鼻子便是舞台上高挂的音箱。

庄总脸上的那台戏应该归类为西洋滑稽戏。说它是西洋戏是因为那音箱中传出来的是Yes、No等西洋道白，说它是滑稽戏是因为演戏的主人极有幽默感。是的，庄总的确是极富幽默感的人，他的脸上总是荡漾着一缕淡然而隐约的笑意，那种笑是嘲讽式的，是高傲的。

天生一对与西洋人相同大鬓角的老庄仅凭那一副鬓角便有足够资格带着优越感嘲笑、藐视其他七位副总经理，藐视这个四星级具有中国特色的酒店以及这个被西洋海风吹拂得几乎找不到原始感觉的国度。

4. 那时他总是溜之大吉

一直到70年代末，太平饭店的外方副总经理庄总都是一个平平常常的中国良民。

庄总的前四十年实在是太默默无闻了，既没惊动过历史，也未在人们的记忆中留下任何值得议论、值得储存的痕迹。

整个北京城也许只有一小撮人还依稀记得曾经有过一个姓庄的南方青年，长着一副非北方人的面庞，讲一口标准的非普通话，就职于一家后来被改了名的、被吞并了的机构，家住一个不知名的地方。历史和人们从未记得他曾做过一桩除了吃饭睡觉再吃饭再睡觉之外的值得大家去关注的事，如参加过什么运动，被整或整过人；如激进地信仰过什么理论，参加过什么组织党派；如在马路上吐过脏物，被罚或没被罚过……他像北京秋天街头一片落地的杨树叶一样，绿过一阵后就被秋风吹到墙角，腐烂并返回大地了。像绝大多数曾经来过，曾经在王府井、陶然亭留过足迹的普通市民一样，那不完全的统计簿上只能以大约估算的数字记载他们的存在。他如同几十万人口的城市中的任何一分子，在人们的记忆中没名没姓，没有准确的籍贯和家庭成分，因为即使他在自己的档案上将“地主”的家庭出身改写为“贫农”，或者将年龄少写十岁，甚至将“男”误写为“女”，平凡的他也绝不至于令人事部门或片警叔叔劳神批评他几句，更不用说派工作组赴他的家乡去查访了。

噢，对了，关于老庄的年轻岁月，有个别记忆力极强的人还依稀记得他有一个妻子并驾驶过一部轿车。

相貌并不出众的他即使没结婚也不会吸引女人对他产生兴趣，更不要说处于已婚状态了。所以没人关注过他的妻子。

驾驶过轿车在那个年月倒是一件足以令左邻右舍扒窗观望的、足以证明身份不凡的事，但由于驾车的是庄总，碰见的人总是习惯地往平凡那一面想，认为他只是汽车司机，而那么一想马上就找到了心理上的平衡。何况那时庄总开车时一见熟人便如与猫邂逅的老鼠，总猛踩油门溜之大吉，这就更证实了人们的猜测。久而久之，就连庄总年轻时这唯一的与众不同之处，也不能在骑自行车的同事们中引起什么兴趣。

70年代的北京，天空是湛蓝而空旷的，人们的着装是灰暗的，脸是平静而压抑的。不仅是北京，整个华夏大地也是空旷、灰色的。与那时的百姓一样，庄总的脸上一直呈现出几分的平静、几分的压抑。

虽然那时他还年轻。

5. 玩过家家

整个地球好比一个村子，整个宇宙好比由一个个村子组成的城镇。

如果将一个国家比作一家一户的话，这个地球村里共有一百多户人家，中国便是其中一户，而且是家庭成员最多的一户。

孩子们愿意玩一种游戏，叫作“过家家”。

80年代以前的中国是关着门“过家家”的，而且门关得很紧。

那时的中国人似乎是老子“鸡犬之声相闻，老死不相往来”理念所创造出来的理想国，虽然闭门单过，从不串门，却能从院外邻家传来的鸡犬之声中知道左邻右舍的存在，知道那其中有心怀恶意的村民。为了保持自家的强大，那时的中国人认为一定要保持家里人丁兴旺，于是那时的大人忙着生孩子，小孩急着要长大，结果“过家家”过得越来越大，人多粥少，也就越过越穷了。

但不能否认的是，那时中国人的内心是平静的、自足的，并且有一种超越时空的自爱和自信。中国人自信自己家人多，自信自己家养的鸡叫得动听，自信自己家养的狗忠诚，自信自己家地处全村风水最好的位置。

一个需要勒紧裤腰带的民族，如果再没有自信的支撑还能站立得住吗?

那时的中国人为了维持用于支撑自己的自信和自爱，几乎漠视四周所有的邻居，因为邻居家的鸡有时的确叫得比自家的动听，狗的叫声中也传出对主人同样的忠诚，那些响动会动摇自己那用原子弹或乒乓球硬撑起来的，虽能顶住这个家却不十分坚定的自信心。

于是中国人便将家门筑得厚了，将家四周的院墙修高了。在那之后还觉得不踏实，因为邻家的鸡犬叫得紧时仍会有人听得到，更有曾经在家门紧锁之前到外户串过门的人向家人描绘在别人家所得的见闻。于是在整个家庭内开展了清洗那些听得懂别人家鸡犬叫声（指懂外文）的“洗耳运动”，结果三十年之后中国人的耳朵变聋了，聋到对墙外的鸡鸣犬吠充耳不闻；中国人变哑了，哑到对国外的见闻知而不言。就这样，中国人的自信被坚固的高墙紧紧地捍卫并保护住了。

中国人的内心由此保持了几十年的平静。

由此中国与世隔绝了三十年。

由此庄总也保持了30年的沉默。

由此人们忽略了庄总的存在。

6. 背井离乡的悲壮

70年代初，院子的门被无意中开启了一条缝，这样不仅使邻院的鸡犬的鸣叫声显得更加清晰，还使几个人乘机溜出了家门。他们是中国被封闭了几十年后走出这个家门的第一批人。

其中就有一位用自己的球技支撑了同胞们自信心的乒乓球冠军。

他们给中国人带回来了一幅与自己编织了几十年之久的景观完全不同的邻家的图画，那上面画的是高速公路和绿色的草坪，是现代化的农场和富足的居民。

这幅画面的出现给这个平静了多年的家庭带来了惊奇和躁动，即使人们并不完全相信他们的使者带回的那幅画的真实性。

于是人们将那个门缝又拉大了一点，又放了些人出去。

那些人回来后又说：没错！我们不仅看见了高速公路，而且看到了路上飞驶的车流，看到了现代化的城市和现代化的人。

这下人们开始相信了，人们的心开始浮动了。他们第一次用审视的，而不是平静的目光看着彼此，回首自己和这个家的过去，他们第一次产生了怀疑。

不仅家里的子孙在怀疑，家长们也在怀疑了。他们突然意识到自己几十年为这个家呕心沥血所做的事并非全对，自己和子孙们所沉浸其中的融融之乐只不过是与历史上曾有过的贫困强行对比之后的一种虚幻，而真正与远邻近舍一比，这个家还是最穷的。

这样的对比使他们震惊，使他们困惑！

这时已近入了80年代。那扇中国庭院的大门已被不断挤出、涌出的人流大大地拉开，那院子周围用坚固的泥石筑就的院墙再也无法挡住那黄色的、滚动的，由渴望一睹院外风光的人汇成的冲击波，人们想尽一切办法穿越跨越它，冲向邻院绿色的草坪，冲向将他们与世隔绝的蓝色的海洋。

就这样，中国人走出了国门，他们有的观光后又返回了老家，有的干脆搬进了远离故土的另一个家，他们从村边的小树上远眺那座地处村中的老家的旧屋，含泪回首童年那个屋中发生的往事。

就这样中国开放后的十几年间，近百万计的中国人涌入地球村中的各家各户之中。

中国人又一次走向了世界，带着背井离乡的悲壮！

7. 他们的仇人是自己

中国人内心建筑起的那座无形的、防外护内的屏障随之解除了。

恐怕人类历史上未曾有一个民族像中国一样禁闭自己，禁闭了长达几十年；也未曾有一个民族像对待洪水猛兽那样憎恨并企图灭绝一切外来的文化和物质——外国的语言、外国的背景、外国的物品，甚至外国的对自然灾害下生灵们伸出的援助之手。中国像保护少女的贞洁那样以宗教般的虔诚企求自身的纯洁，幻想着以几亿人的一尘不染的净身走向那天边理想。

然而，那么一个几亿人、几十年的梦却被无意中跑出去的几个探险者给惊醒了。

睁开眼睛的几亿生灵几乎同时意识到那只是一个漫长的梦境，是一场虚幻的、并不存在的游戏，他们要面对的是生存的现实，是蓝色的天空，是几亿张嗷嗷待哺的嘴，是一个与邻家相比十分贫穷的家！

中国人在意识到那个现实后沉默了。

80年代初的中华民族就在这种反思和反悔中，像一个受伤的狮子一样默默地舔着自己的创口，静静地休养着疲惫的身躯。

他们属于一个曾经强大的民族，他们不甘心永远在邻家高楼的屋檐下苟且偷生，况且他们家的人太多，这个地球村中没有任何屋檐能够收容他们寄生，他们没有选择，必须重建家园。

一个历史巨人恰到好处的出现又重新给予了他们一个新的机会，他给几亿生灵指出了一条重新振兴的生路，他带领着他们彻底拆掉使中国与世隔绝的最后几道篱笆，将他们的视线引向大海，引向了彼岸精彩的世界。

他的出现是造物主对他亿万子民曾有过的真诚和不应受的伤害的应有的、公平的慰藉和补偿，它证明了造物主永远不会遗弃曾经真诚地追求上进的族群，他虽不会给他们一个崭新的高楼，但给了他们又一个造楼的机会。

中国人这次真急了！中国人紧紧把握住这次他们从未珍惜过的机会，他们要重新造楼，从平地造起，因为他们别无选择，他们已无处安身！他们发狠地打下了第一根桩！他们急切而且急躁，他们毫无耐心，因为他们知道这第一桩本应是几十年前就打下去的，他们要用夜以继日的辛劳和速度加快搭建这座新楼，以洗净内心的悔恨和在邻人眼皮下的羞愧。

90年代的中国就是一个世界最大的造楼的工地。那从地平线上望不到尽头的土地上簇动的是世界上最大的一个族群，是发狠地希求用汗水冲刷历史留下的羞愧。

8. 海龟一样文静的他

像海龟一样文静和内向的庄总是70年代末从千年的沉睡中苏醒的。醒来的他所看到的是一个处于青春期躁动状态下，刚刚结束与他一样长眠的世界。

庄总刚一抬腿就令领导和同事们大吃一惊，他竟然会讲当时刚刚时髦起来的一种中国话——广东话！

庄总是在一次集体淋浴时无意中借着冲水的喧哗声吐出几个广东式发音的，那声音与澡堂下水道的咚咚流淌声一样有焖劲儿和力度。它穿越那湿湿的墙，爬上公司澡堂的上空，又一鼓作气地传到了领导和群众的耳朵里。于是人们立即像传递又一个反党小集团被一举粉碎的消息一样将庄总会“港”（讲）广东话的消息以病菌传播一样的速度传递了出去。

庄总竟然会讲话，龟一样文静内向的他；

庄总竟然会“港”港话，那种外星人才晓得的语言。

于是庄总70年代末的领导和同事在共事十年之后第一次用观看UFO（飞蝶、幽浮）一样的眼光发现了庄总的存在。

他们第一次的惊奇并未维持许久，因为庄总从澡堂出来并穿上衣服后就没再敢“港”一句。他又沉默了。他的重新沉默使人们怀疑那转瞬即逝的UFO的真实存在，责怪自己在澡堂中误将下水道的铿然作响听成了庄总的呐喊。于是他们又一次在庄总的沉默中找到了平衡点和兴奋点。

不幸的是庄总这一次并没留情面，他仅在两年后便又一次用新的惊奇打破了领导和同事们内心的平衡。

这次他讲的是英文！没错，是英文！那是一个同事听了半天没听懂后，将之汇报给领导，领导又特地派人到外单位请了专家前来听证后核实的。

对80年代初中国的一个普通得不能再普通的单位来说，英文不是一种语言，而是一种符号、一种标志，它代表着那个人们曾经敌视但遥不可及的外部世界，它标志着通向那个世界的神秘的途径。

而庄总竟然是知道那条路的一个使者——龟一样文静和内向的他。他讲的的确是英文，一种比澡堂流水声更婉转的语言，不过这次他没有隐藏在水雾中，而是在众人面前，对着蓝天和白云大喊三声：

“My God，My God，My God！”（我的上帝，我的上帝，我的上帝！）

9. “那您该算是华侨了？”

据小说记载，当年孙猴子被压在那座无名山下时尚露出一条猴子尾巴，所以当他在复出时虽然石破天惊，四周的妖魔鬼怪尚有几分心理准备。

庄总则不然。他像一只沉默的海龟一样将四蹄和龟头紧紧龟缩在那个坚固的硕大的龟壳中，躲藏在单位一个人不知鬼不觉的角落纹丝不动，一蹲就是十年！凭着那又厚又硬的龟壳子，他任凭风吹雨打，不管风云变幻，不在乎人们在他身上践踏，不怕小孩在他身上撒尿，安然度过了共和国那难熬的十年。所以当他十年后以孙行者同样的爆发力拔地出世的时候，带给四周的领导和同事们的惊愕是毁灭性的。

在连喊三声My God的那天下午，庄总就主动找到组织宣布了自己真实的身世。

“尊敬的领导同志，我觉得在改革开放到了今天这么有利的形势下，我没有必要再隐瞒自己的过去了。

第一，我实际上是个挺有个性和个人魅力的人。

第二，我也有喜怒哀乐等其他同志都有的情感！”

领导听后先是惊异地睁大了眼睛，接着便用几分赞许和几分鼓励的目光看着庄总，说：“小庄，讲得好啊！接着说下去！”

“第三，我实际的学历是大学，而不是小学。”

“？”

“第四，我上过小学，不过是在香港上的，不是在大陆！”

“第五，我是在50年代随父母回到中国的，我的真正出生地是马来西亚，是南洋！我后来又在美国太平洋的一个保护岛度过了大部分幼年和少年时光，我会讲香港方言和英文，还会讲流利的闽南方言，因为我祖父是福建人！”

“那你，那您该算是华侨了？……”

“当然，废话！我不是华侨谁是华侨！另外，我再告诉你，我开的那辆车是我个人的，我根本就不是像你们想象的那样当过什么卡车司机，我们家是高干！不，准确地说，是我老婆的父亲是高干，我是高干的女婿，我们住在高干小区里。你听清楚了吗？My God！”

“听……听清楚了。小庄，不，老庄，庄先生，您请坐，慢慢说……”

“I don’t have time！（我没有时间！）这是我的辞职报告，Bye Bye！”

说完后庄总环视了一下周围的人，因那时屋里已多了几个好奇的群众。他眼中出现了一种与孙猴子当年再生时同样的光彩，其中有得意、兴奋、期待、幸灾乐祸，也有高傲和怜悯。然后他便直起十年不曾直起的腰，迈开大步走出了领导的办公室。

庄总就是这样在喊My God的那天傍晚离开了那个他栖居了十年——那风雨交加的十年——的单位的。

那天的晚霞很美。那晚霞似乎就是庄总所呼唤的上帝，庄总似乎预知她的到来，呼唤着她，随后又随着她离去了。

他所遗弃的是傻愣着站在屋中的领导和同事们。

领导先是摇摇头，又到水龙头下冲冲头，再叫了几回自己的乳名，他是想证实自己还清醒，但是他无法证实庄总的供词和离去是真实的。

但庄总的确再也没有回到那个单位，他的确在宣告自己是华侨和高干女婿后便消失了。

于是人们又在庄总缺席的情况下议论了他一年，像是对十年没有议论他进行了补偿。

当人们停止议论他后，那个单位就被别的单位吞并了，再也不存在了。

有人说是因为庄总的离去才使那个单位消失的，也有人说那个单位压根儿就是为庄总避风而营造的，庄总走了，自然也就没有理由存在了。

10. 他是“谁谁的女婿”

庄总在向那个单位投放了一颗核弹后，就随即跨入了另一家公司的门，他无暇眺望留在他身后的那朵蘑菇状的云烟。

这是一家80年代初新成立的，具有中国特色的，由国家出资却无权控制的国际贸易公司。

庄总是理直气壮、雄赳赳气昂昂、挺胸抬头地从后门阔步进入这家公司的。

中国是一个极为注重职称的国度，总的职称数量从古到今上下五千年合计起来是一个天文数字，如老子、庄子、孙子，司马、司徒、司空、司机、司令，师长、旅长、股长、保长、家长，直到现代以“总”字开头或结尾的各种什锦头衔，真是数不胜数，令人眼花缭乱。不过对文明没有中国悠久、头衔分类不如东方人具体的西洋人来说，以上所罗列的那些职称并不会使他们特别的迷惑，如“子”，他们可以译成英文的Mr.（先生），是表示尊敬的意思。所有那些带“司”“长”“总”的都可译为manager、director，顶多再加上一个general。虽然文字不同，叫法不一，意思总是共通的，都是“首领、管事的人”的意思，只不过管的部门和事的大小不同而已。这颇似北京人常说的“头儿”，即使你位尊一国总理，你的定义应为英文的“Head of the government”，即政府的“头儿”；如你是家长，则为“Head of the family”，即家里的“头儿”，这从逻辑上并不难以理解，中西共通。

然而有一种类似于职称又不是职称的，虽不如职称的含意具体但其功效和权力却远远超乎于任何一种固定职称的头衔，却使包括那些汉学专家的老外们都百思不得其解了，因它在中国社会被运用范围之广泛，其效用在人群中之深入，辐射和穿透力之强大远远超出西方人的想象力。虽然它从字眼上简单得不能再简单，原始得不能再原始，可爱得不能再可爱，动听得不能再动听。它们远不如“司徒、司马、司令”那样说起来绕口，也不像“总”“长”那样听起来顺耳，更不比general、manager那样写起来麻烦。然而它们却承载着东方文化迷雾般的神秘，体现着社会地表下错综的结构，不懂得它们的含义，不会体会其中的奥妙，不会灵活地运用它们，一个外国人就休想懂得中国社会。

它们便是：儿子、闺女、女婿、儿媳、孙子、外孙……前面加“的”，再前面加“谁谁谁”。

庄总就是以“谁谁的女婿”的职称走进那公司的。

11. “天龙”“地龙”之差

庄总确实是以“谁谁的女婿”的头衔进入那家公司的。进了公司之后他又多了一个职称，但这个职称没使用多久就自动失效了，就连他自己也不曾把那个职称放在心上，后来也一直回忆不起来，因为对于那个公司的每个人来说，职称和职位就像生下来之后的属相一样，或属虎或属狗，再或属鸡、属猪，是由他们前面的“谁”字来预订的，没有任何更改和超越的余地。庄总对此一开始也是既相信又不愿完全相信。他虽然一进去就直接当上了处级干部，但看不惯另一个比他晚进去，既不懂粤语又不懂英语却直接当上总经理助理的“儿子”，闹不清为什么同样属龙的他们一进去就有“天龙”和“地龙”之差。但后来没过多久，他便打心里认命了，因为人家是天龙之子，自然是要飞天的；自己是地龙之婿，虽然只能有地龙（蚯蚓）的前程，却总比老鼠或牛的后代强上几分。想通了后他便有了几分比上不足比下有余的优越感和自豪感，第一次体会到做为人夫和人婿的幸运。那时他整四十岁。

12. 四十岁才立起来

庄总是到了四十岁才立起来的，自然很难做到不惑。

80年代初的庄总如同那个时代一样，在经久的压抑后爆发出了惊人的活力。

他是那个公司从上到下一致公认的业务骨干，不是因为别的，就因为他是那里唯一能娴熟运用粤语方言和英语的人。

那家公司在将全部职工的岗位安置完毕，做到儿孙满堂之后，突然想起自己是一家要做国际贸易的、要使用那种陌生语言进行交流的机构，而招人时竟没有追究他们是否会使用那种语言。不幸的是对于那些新职员来讲，其他的一切，如理想、传统、希望和作风都可以轻易地继承，唯独外语这东西是无论如何也不可能从连讲中文都以家乡口音为荣的父辈们那里遗传到的。

于是人们的眼光便投向了庄总，这位被埋没了二十年之久的天生的华侨身上。

于是庄总便风光了起来。

庄总刚进公司不久便义不容辞地承担起了一项光荣的使命——出国考察。

如果将90年代的出国当成走亲戚一样容易的话，80年代初的出国便好比坐登月火箭上月球考察一样令人神往，令人羡慕。

庄总第一次出国时真如同登月。

他在将机票、护照和旅行支票等一切准备就绪后庄重地从座椅上站起，然后与两位同行人在群众的簇拥下来到公司领导的办公室辞行。领导又反复叮嘱了一番出国的使命和纪律后便带领群众一一与庄总等三人握手告别。

那场面是庄严的，隆重的，感人的。

那时庄总的内心是澎湃的，因为他们要奔赴的是一个陌生而神秘的远方，他代表的是一群人的好奇和憧憬。

那时的庄总是自豪的，因为只有他才具备奔赴那个神秘的远方的能力，也因为他是来自那个地方。

那天庄总又一次穿上了曾经穿过的西装，打上了一条红艳艳领带，虽然他的西装有不少褶皱，而且并不十分平整，但在人们眼中犹如宇航服上的光焰般夺目。

庄总的妻子也在欢送的人群之中，他真想上前吻别，但他没敢。当时的人们还十分保守。

13. 他动的都是真情

庄总出国的第一站是美国，他幼年在那个岛的宗主国生活过；回来路经的是香港，他上中学的地方。

当他们乘坐的飞机徐徐降落到旧金山的机场时，庄总忍不住失声痛哭起来。

他哭的不是这个幼年曾随父母来过的城市；

他哭的也不是那似曾相识的美国星条旗；

他哭的更不是那晚霞辉映下的摩天的楼群。

但他的确哭了，而且哭得很伤心。

他哭的是岁月；

他哭的是自己的过去的沉默；

他哭的是三十年后第一次的走向世界——作为一个中国人。

庄总并不是因为到了美国才哭的，美国并不值得他这么伤心。任何一块异土都会令他潸然泪下，因为他在那落地的一瞬间告别了一个长长的梦，睁眼看见了一轮初升的太阳——一个象征着新鲜日子的太阳。

庄总到香港时也不禁伤心落泪，因为那地方引起他童年的回忆。

庄总在结束一个月之久的考察再回到北京时眼睛又湿润了，因为在离开北京的一个月中他实在太思念北京了。北京有他的妻子，有他的家，是他的家园和生命。

第一次出国的庄总十分动情，而且动的都是真情。

14. 悲愤交加的喷嚏

同事们对庄总的羡慕和嫉妒并没有因庄总的回归而终止，因为他第一次出国后的两个月之后便又第二次出国了。

做第二次出国准备的庄总的心再也不澎湃了，看着他手拿护照走出办公室的同事们再也不惜别了，他留下一片带火星的愤怒。

“瞅他那神气的样子，有什么了不起！”

“为什么总是派他去？就他觉悟高？”

“我压根就不相信美国佬只讲英文！那是鬼话！以前我们一句英文都不讲，不是一直坚持不懈与美国鬼子斗争了三十多年吗？现在讲友谊，为什么没有英文反倒不行了？没有语言交流还不搞感情交流吗？！”一位操着浓重河南口音的处级干部说。同事们根据他的手势和挥臂的毅然动作理解了他讲话的大意。

“哼，我怎么看怎么觉得他不可靠，总有一天会叛国！你看他那副样子，像洋葱似的又膻又辣，哪有一点中国人的样子，看一眼就令人打喷嚏！”这位同事说完为了证实自己的言辞还真连打了三个又脆又响的喷嚏。在场的几个人虽然都无一幸免地被他喷出的杂物淋浴了一番，但都迎头顶住，毫无怨言，因为那三个喷嚏是为他们打的，打完后大家普遍感到气顺了一些，心宽了一些。

庄总并未听到那三个悲愤交加的喷嚏，因为他那时已经升天了，他坐的那架喷气式飞机正飞翔在万里晴空之上。他双眼微闭，进入了朦胧的梦境。他的呼吸是均匀的，如同飞机喷出的热气一般，在蓝天上画出一道长长的白线。他的内心亦如机身一样，虽然有时颠簸，但总的来说十分平稳。因为他听不到从人间城郭传来的喷嚏声。

其实那位同事的喷嚏并不完全是瞎打的，庄总自从第一次回来后身上的确发出了一种颇像洋葱的怪味。也许是他在外边吃多了洋葱圈儿，或是误将驱蚊的药水当香水喷到了身上，总之，那气味令人闻上去有些作呕，甚至不敢近身与他谈话。

除此之外庄总的相貌也开始变了。在人们的记忆中，直到庄总第一次出国以前他都是一个Made in China的地道的南方男子，虽不雄壮但有几分朴实的可爱。但自从他沾上了几分洋葱的味道之后便变得令同事们费解了。

“哎！老庄怎么带上了一副金边眼镜？刚一个月就近视了？”

“可不是！他以前肚子瘪瘪的，像是还没从50年代初大饥荒缓过劲来似的。刚两个月没见怎么就成了个大肚子！准是洋葱吃多了，体形也变成葱头式的了。”那位打喷嚏的同事说。

“我在招他进公司的时候不记得小庄耳朵下边长毛啊！”庄总岳父的老部下、位居人事处长的老李百思不解地说。

经他这么一提醒，同事们便开始发现庄总耳边新添的那两道鬓角了。

那是两道又密又黑、又粗又短的毛，顺着头发像夜幕降临那样悄悄地向耳根下爬行。它们一开始并不十分显眼，做贼似的小心翼翼，短小精悍地向耳下发展，后来渐渐胆子大了起来，像青草一下肆意繁殖起来，越长越长，越长越茂密。这下同事们才识别出它们的真相——原来那是两道大鬓角！

“老庄一个中国人怎么会长洋人一样的大鬓角？准是他崇洋媚外自己贴上去的！”不止一个同事这样向领导反映。

于是在一天午后公司领导找庄总谈话，郑重其事地转达了群众的意见，并以婉转的口气劝诫庄总将之取下。

庄总听了后不以为然地轻轻一笑，说道：

“对不起，这是不可能的事，我的鬓角是天然的，是取不下来的。”

“那你以前？

“以前的十年我一直将其刮掉，所以看不出来。”

“中国人是很少有这么大鬓角的啊……”

“您也许忘了，我是华侨。”庄总说完后又淡淡地一笑，然后他转身走出了经理室，并没留意经理那惊异的表情。

就这样在短短的几个月中庄总配齐了华侨必备的三大件：金丝眼镜、大鬓角和洋葱味，顺利地在人们心目中从一个普通人转正为华侨了。

说起来也奇怪，自从人们将庄总定位为华侨之后，无论庄总再怎么出国，再怎么洋鬼子味喷鼻也不再嫉妒他或对他嗤之以鼻了，反而将鼻子迎了上去。

“哎，你看老庄那副大鬓角多有风度，跟关公似的！”

“可不！这老庄在老外面前多给咱中国人增光！谁说外国人有的咱中国就没有，老庄的鬓角一点都不比老外的逊色！”

“你别说真是洋葱地里长不出倭瓜来。人家庄处长不愧是出生在南洋，从小受的是洋人的熏陶，喝的是洋奶，怪不得人家身上发出一股天然的洋味，不比咱们，一身的土腥。”那位打喷嚏的同事深有感触地说。这时他气已经顺过来了。

于是大家的气也跟着顺了过来。

15. 谁是出国冠军?

80年代初的庄总是全公司的出国冠军。

他的国越出越顺、越出越勤、越出越潇洒，心越出越浮、越出越野，路越走越远、越走越偏，直出到国际上任一条航线上都有人见他面熟，直出到他有一次看到机票的目的地为“Bei-jing”时误以为又要出国。到最后他连时差都不用倒了，因为一落地又要回去，时差自然就克服了。

庄总绝大多数是以“考察”的名义出国的，是以领队的身份出国的，这并不仅仅因为他是处长，会英语，更因为他去的地方多，经验丰富而且胆大，人们跟着他心里踏实。

庄总考察完北美后考察南美，考察完西欧后考察东欧，考察完远处的澳洲后再考察近处的亚洲，最后又迫不得已去了两次非洲。他们考察经济、考察政治，又捎带上考察艺术和习俗，外加语言、地理。到富国去考察是为了学习，到穷国去考察是为了援助，到不穷不富的国家去是为了交流。等到富国变穷了之后再去考察是为了吸取教训，而穷国变富后又去考察是为了吸收经验，如此周而复始，循环不断。

在西方语言中很难找到一个与“考察”一词相同的字眼。

"考察"一词既不像"视察"那样听起来居高临下，只适合于少数人前往，又不像"观察"那么认真，要求前往的人具有专业知识，具有目的性。既然目标不那么明确，对于参加"考察"的人的要求也就不那么具体了。于是任何人都便于以任何理由、任何目的参加考察了，或学习，或借鉴，或批评，或赞同，或在家感到无聊，总之，无论如何都可前去考察一番。虽然目的不同，前往地点不同，但名义都是一样的为了工作。

庄总在80年代中期的五年中因工作需要考察了四十多个国家。

中国在整个80年代中有多少人因工出国考察，是一个难以统计的数目。

虽然在中国国家统计账目上"因私出国旅游人数"项下人们所见的是一个寒酸的数字，但在世界任何一个角落，任何一架班机上都可看到中国考察团团员们的身影。人们往往误将他们当成日本人，其实中国人完全可以自豪地宣告：中国人外出的人数从总体来讲并不低于日本。这点庄总就可以证明。

改革开放后的中国人是身着西装、排成行列跟着庄总一样的考察团团长走出中国、奔赴国外的，而并非像日本人那样聚集在旅游团领队们的小旗下。

虽然名义值得争议，但有一点却是既成事实：许多中国人终于因此跨出了国门，走向了世界。

16. 他"天马"行空

战国时期的苏秦曾凭一个能言善辩的舌头游说天下，最终身挂六国相印，传为千古美谈。

庄总在80年代末虽很难有身兼六国总理的机会了，但凭着数种语言的绝技，他曾两次常驻海外，挂了两次公司驻外总代表的头衔。

他第一次常驻的是马来西亚——他的出生地。

关于庄总在南洋的那三年人们所知甚少，因为他是独自派外的。庄总每次回来休假时也总是匆匆来去，大家问他那边的生活怎样时，他往往只向人们露出一个莫名其妙的微笑，或是咕嘟几句听似马打呼噜的马来话，像是打趣，又像是敷衍，人们也就不便多问了。

不过有一点庄总从不掩饰，就是他对马来西亚航空公司的难以抑制的钟爱。

“你知道世界上哪个航班的空姐最漂亮吗？”

庄总总爱向人们提出这样的问题，尤其爱问司机班里从未出过国的小伙子们。

“您说呢？庄处长。”小伙子们围上来齐声问到。

“大马航空！”庄总用做结论似的口气斩钉截铁地答道。说完后他又若无其事地补充一句：“大马航班每架飞机的空姐我都熟。”然后便扬长而去，去搭乘下一班大马飞机回吉隆坡去了。

那三年因为庄总一直是乘“大马”独立往来于北京和吉隆坡之间，便落了个“天马”的绰号。

也许是因为庄总对大马空姐的鼓吹过了火，招致了领导和同事们的忌恨，当他第二次被派驻海外的时候，便与“大”字没了缘分，与“小”字挂上钩了。

17. 盛产小人的小国

他这次去的是欧洲的一个小国。

那个小国第一次在中国扬名是因为《尼罗河上的惨案》。公司领导看完那部电影后知道那是个小人横行的国家，一般君子无法应付，便忍痛割爱将国际经验最丰富的庄总派了去。

庄总一开始并没把临行前领导的嘱咐当回事，心想电影毕竟是瞎编的，无论如何那里是欧洲，无论如何那里生活的都是白人，所谓小人无非是个子小一点罢了，境界一定比他在大马所遇见的小人们高出许多。

庄总是从法国乘火车以坦然的心境奔赴那个小国的首都的。他在列车摇篮般的摇晃中做着关于那个小国的美妙的梦，小国小民，美丽的花园般的城市……

他的那个梦是被他碰到的第一个小国国民摇醒的。

骗他的是火车站厕所前收钱的一个老太太。

那个老太太长得十分富态，白皙皙的，一脸夜来香般虽来得迟但可掬的笑态。

她用英、法、德和一种土产的语言轮流向庄总表示了要钱的意愿。

“为什么？”庄总用英文问道。

“每位上厕所的绅士都要交钱，没有本地货币别国货币也行。”老太太又满脸堆笑着说。

庄总听明白后二话没说便从腰包里掏出十法郎交给了老太太，然后迈着绅士的步子走进厕所里去了。

那次厕所庄总上得十分认真。

上完后庄总如释重负，反复对着镜子梳了几次头发。当他感觉到绅士风度又恢复了以后，便走出了洗手间。

他对门口的老太太做了个告别的姿式。

老太太又夜来香似的笑了一下，然后彬彬有礼地说：

“先生，请交钱。”随后又用四种语言重复了一遍。

“我不是交了十法郎了吗？”庄总纳闷地问。

夜来香般的骗子

“没有，您可能记错了，您看这盘子里哪有十法郎啊？”

“还要多少钱？”庄总这下急了，紧张得尿意又上来了。

“对外国人优待，十法郎！”老太太十分礼貌地回答。

这时庄总的后面已排了几个人，于是他又拿出了十法郎，放到了老太太前面的盘子中。

“谢谢，绅士先生！”老太太脸上顿时像怒放的老牡丹一样攒成了一团，随后又做了一个两掌朝外翻、表示大功告成的优雅动作。

庄总离开厕所后先是反复责怪自己记忆力下降了，连付没付钱都记不准，接着又为自己解脱，心想是因为自己风尘仆仆来到此地，初来乍到一时糊涂，明明没交钱记成交过钱了。不对！庄总在快走出车站时又将前前后后的情景像放慢镜头似的过了一遍，他终于肯定自己的的确确是交了十法郎后才走进厕所的，他马上意识到自己刚才是被骗了，那个老太太是个骗子——优雅得像夜来香般的白人老太太。

于是庄总想起了临出发前领导的嘱咐。

于是庄总想起了关于此国盛产小人的传说。

于是庄总开始警觉起来。

他要在这个国里呆三年！他越想越后悔，越想越伤心，越想越气恼，他发誓要报复。但不幸的是正好此时的庄总突然又憋不住了，又要上厕所，于是他就四下找了起来，结果发现四周除了老太太把关的那家厕所外别无分号，于是他便硬着头皮又回去了。

老太太一见又向他要十法郎，但他说有东西忘在厕所了，说他不想拉屎撒尿，老太太便半信半疑地让他免费进去了。

二十分钟后庄总带着拿破仑征服埃及后凯旋的骄傲从厕所里挺胸抬头地走了出来。当他看到那个正继续骗钱的老太太时，他鄙夷地一笑。

他出师了。

18. 一个著名的小孩！

庄总在小人国里受的第二次骗是一个会撒尿的铜制的小人儿。

那个小人儿是该国唯一的名胜，举世闻名。关于那个小人的传奇有许多种不同的版本。有的说他曾以一泡尿拯救了整个城市。也有的说一个富人的儿子哭闹着向父亲要一个伙伴，父亲找遍全城只发现了一个小孩儿，正在那里撒尿。那父亲为了让儿子永远有伙伴，便制了一个铜的放在城市中心。还有第三和第四种说法，每人都可以通过想象自己补充。总之，那个小孩儿十分有名，庄总是慕名前去的。

庄总在火车站被老太太骗了第一回后，由于身心受了十法郎的创伤，便老老实实在代表处的馆驿里休整了一天，第三天早晨才去探寻那个小孩儿的踪迹。

庄总那天起了个大早，匆匆梳洗了一下便上路了。

他一路打听来到市中心。

他的心情太迫切了，太冲动了。那迫切那冲动是可以同走在通向金字塔、通向万里长城路上的迫切和冲动相媲美的，因为那小孩实在是太有名了。当时的庄总足迹已遍及四十多个国家，却偏偏没来过这个小人国；那时的庄总几乎观赏过世界所有名胜，却唯独没看到过那个小孩儿。庄总为之遗憾，为之奋斗，为之接受了前来小国常驻的使命，因为他一贯憧憬名胜，希求结交名人，他认定看过名胜和认识名人的人一定会因之升华，因之出世。

正因那个撒尿的小孩不仅是名胜而且是名人，庄总万里前来希求一见，既求升华，又求出世。

庄总一上午找得好惨！他先是围着市中心的那座广场绕了几周，并没发现那个小孩儿的踪影。由于他事先没问好那个小孩儿的名字，他不知如何向路边的人询问。后来他急中生智，想出用动作比画的主意，他便走进了一家咖啡店。那咖啡店里坐满了闲散的客人，一股咖啡的浓浓的香气将庄总拉了进去。

“I am looking for a boy！”（我要找一个小孩儿）庄总问一个女郎。

“A boy？”那女招待听懂了庄总的英文，又用英文反问道，她的表情有几分疑惑但不失端庄。

“A boy！”庄总用肯定的口气回答。

那女郎的大眼睛又闪了一下，还是满脸的诧异。

“A famous boy！”（一个著名的小孩！）

庄总有些沉不住气了，在著名（famous）的字眼上使了一下劲。那意思是说连我都知道的你难道还没听说过吗?

“……”女郎又摇了摇头。

于是庄总想起要使用人类的共通语言——动作了。

他先是用手在自己头上量了一下，然后将手压低，意思是比自己矮。“A boy。”他又补充道。这时几个好奇围观上来的客人中的一个终于似懂非懂地明白了。

“You lost your boy？”（你的孩子丢了？）他先用生硬的英文问庄总，又用急切的口吻用地方话向众人解释。

众人于是也跟着急切起来。

“No！”庄总一听误会了，连忙大声说No。这时他的头上已经冒出了汗。他面对的是一群急着要帮他找孩子、急着要报警的好心的异国人。

这时他突然想起来那不是一个普通的小孩儿。

是一个撒尿的小孩儿，或者说正撒着尿的小孩儿。

于是他又做了一个动作，他的手竟然掏向了……

他只是想说明那是个撒尿的、著名的小孩儿，但他在慌乱中犯了一个荒唐的错误。

他竟然忘记自己是大人了，他面对的是一群成人和一个美丽的少妇。他不应该在众目睽睽之下做与那个小孩完全一样的动作……

庄总已记不清他当时那个动作的具体姿态了，他只依稀记得他的动作先是将众人像闷棒一般迎头打蒙了。随后传进他耳朵的是女人的尖叫和男人的哄笑，接着那个女郎脸色通红地跑进了后屋，随后他自己便在众人羞辱和起哄的暴风骤雨般的声浪中从咖啡馆里逃了出来。

逃出咖啡店的庄总十分钟后才从惊诧中清醒过来。他先在一个空场上默默地伫立了一会儿，然后突然大笑起来，他笑红了脸，笑弯了腰，笑黑了天。

那时正是冬季，欧洲冬日的太阳比冬日的人更懒，才下午三点钟便打哈欠要下了。

庄总整整大半天在城市中奔走，在咖啡馆中寻觅，他受冻受辱，他筋疲力尽，却仍未见到那个小孩儿的踪影。他真气急了，他真把四十岁所剩不多的志气全部激发出来了，他站在那空旷的广场中心对着苍天呐喊：

“撒尿小人儿！我老庄今天不把你找到，就……”

他本想发发“誓不为人”“天打五雷轰！”一类的毒誓，可等话到嘴边却没喊出来。他突然想到为一个毛孩子不值得那样跟自己过不去，那划不来。

老庄毕竟是老庄，而且已是不惑之年的老庄了。

19. 他到达终点了！

庄总终于抢在夜幕降临之前找到了那个小孩儿。

他是在一串串欧洲共同体的彩旗的指引下找到那个小孩儿的。

当他从咖啡店里跑出来，对天诅咒了一番后便又四处寻找那个孩子。但他这次改变了战略，他不再问人或是做动作，而是用眼睛四下观察，他要用眼睛发现能够提供那孩子线索的一切蛛丝马迹。

他又转了几条街，又经过了几个咖啡馆，但无论他那自认为相当敏锐和深邃的四目（那天他戴着眼镜）如何四下观望，还是毫无踪影。于是他又急了，仰头看天，他又要大骂苍天了。

也就在这一时刻他看见了天上飘的一面面旗帜。

那是一面面蓝色的旗，每面旗上都有一个由无数小白星星组成的花环。那是象征欧洲共同体的旗。

但那洲旗与庄总以前见过的却不完全一样，因为白色花环的中间多出了一个男孩子的图像，一个正在站着撒尿的孩子，一个古铜色的孩子。

那就是庄总要找的孩子。

庄总的视线在与那个手把小鸡鸡撒尿的孩子交换的一刹那彻底模糊了。他又一次进入了激动的状态。

只见那蓝色的旗横悬在街道的.上空，一面接一面纵向排列着向纵深飘去，飘去。

于是庄总趔趄地顺着那些旗所指引的方向走去。他那时已经是饥寒交迫、神情恍惚了，一半是因为在咖啡馆里现了大眼，惊魂未定；一半是因为他当时的心中太不平静了。

因为他已经离那名胜不远；

因为那些旗象征着整个欧洲，他来到了整个欧洲的心脏；

因为那小孩儿是站在象征着众多国家的小星星正中央的，他是欧洲环抱的太阳；

因为小孩儿的那一泡尿不仅救活这个小国、这群子民，它还挽救了整个欧洲，灌溉了整个欧罗巴大地，沐浴了全欧的芸芸众生。

真是太伟大、太神圣了。庄总越想越兴奋，越想越难以自持，越想脚步倒得越快，他放开大步奔跑起来！

当他跑到一个黑乎乎的十字路口时，脚步戛然而止了，因为他头上的旗到此消失了，他到达终点了。

于是他在黑暗中发现了他的圣物——那个铜制小孩儿。

20. “不许随地尿尿！”

那的确是一个铜制的小孩儿，大小与真的两岁孩童一样，不，似乎更小。

他正躲在一个破旧房屋的阴暗角落里撒尿。那尿是用一个同样破旧的管子模拟成小鸡子，然后通上长流水制成的。

四周没有说明，没有标志，只有他孤零零地站在那里撒尿。

庄总看到他第一眼时不相信他就是他。

是因为那孩子太小了。在他的幻觉中那孩子虽然不如金字塔一般高大，也不比长城那样壮丽，但最起码应该大得十分引人注目，大得符合他的身份，大得足以储存一泡能拯救一个城市和一国人的尿，但他太小。

庄总看他第二眼时仍不相信他就是他。

是因为那孩子躲藏在幽暗的角落。由于天已黑下来，他显得更加模模糊糊、影影绰绰。如果那是个大人，人们会以为他是在阴暗的角落里搞阴谋；而因为他是个孩子，人们自然会想到他只是淘气，背着大人偷偷在墙旮旯里撒尿。于是庄总那时就有一种冲上前去大声训斥一声“不许随地尿尿！”的冲动。

庄总在看他第三眼时就更不相信他就是他了。

因为那孩子看上去不让人喜欢。那是一张虽然不失童真但十分顽皮的脸，顽皮得有几分恶作剧，顽皮得令身为父母的人见了就烦，而当时的庄总已是四个男孩儿的父亲，一直盼望有个女孩而求之不得，因而落下见了顽皮的秃小子就恨不得飞手一掌的毛病。

于是那时的庄总又有了冲上去扇那孩子一巴掌的冲动，因为他不仅看上去调皮，还随地撒尿。

然而他又千方百计地想证实他就是他——那个他万里迢迢前来观光的小孩儿。因为他当时已筋疲力尽了，已无力再奔跑了，他想马上如愿，然后马上回到代表处那个温暖的家——那时正是飘雪的冬季。

先是一个本地人为他证实了。

“That’s him？”（那就是他吗？）他冲上去问。

“Yes，That’s him。”那人十分肯定地回答。

他们都没说明那个“Him”（他）是谁。

可能是因为他本来就无名无姓，也可能是因为他太有名了。

接着是两队游人为他证实了。

一队是日本人，一队是德国人；一队从左边，一队从右边。跟着领队的小旗，在呼啸的风雪中队列整齐地分头向小孩走来。

他们是游客，是与庄总一样风尘仆仆来看那小孩儿的，但却像士兵，分兵两路到此包抄合围，像是前来抓那小孩的。

但无论为何目的而来，他们的出现使庄总心里踏实了，这里无疑是名胜，要不他们不来。最后使庄总确信无疑他就是他的是街道两旁的店铺。

小孩儿的四周有无数的店铺，有无数小贩、买卖人，出售无数与小孩儿有关的纪念品。有T恤，有名信片，有各种材料制作的小孩撒尿的模型。小的比手指还小，大的比真的还大。

他们都十分昂贵。

当庄总完完全全确信那个仍在不断撒尿的小孩儿就是他要找的孩子之后，他便转身踏上了归途，投向了风雪的怀抱。

他没再回头看他一眼。

21. 他能怪那孩子吗？

庄总当晚回到代表处后没吃没喝，没洗没涮，连下属问他去哪里都没回答，就径直回到自己的房间，上床安歇了。

他一夜未眠，在床上辗转反侧。

他朦朦胧胧意识到自己又一次受骗了。

这次骗他的不是那个厕所收钱的老太太，而是一个小孩儿，她们一老一小，但都与撒尿有关。

老太太骗了他十法郎，小孩骗的却是他的希望，他的憧憬，他的真诚，他的求索。

不，骗他的不是那个孩子，因为那孩子本不存在，或者本来存在过却不那么神圣，骗他的是那些编造小孩儿的传说的千千万万的大人们。

因为这个城市本无名胜，那个孩子本来无名，是人们为了创造名胜而选中了那个小孩儿，而使其扬名的。

庄总又悔又恨！因为他就是人们制造的神话的轻信者和上当者。他本来不知道也并不想来这个国家，是那个小孩身上的光环将这个国家照亮，将他的心拨动，将他带到这个破旧的老城的。而这一待就将是三年。

他开始怀疑这个城市和这个城市里的人，乃至这个国家，他甚至怀疑送他来到这里的领导了。那领导似乎来过这里，也见过那个孩子。

那领导似乎知道当时公司正在考虑提拔一个新的副总经理，而他老庄是最有资格的候选人，因为全公司只有他会英语，只有他有在大马常驻的经历，只有他是正宗的华侨。但领导同时知道庄总向往名胜，追求圣地。

于是领导将他的目光引向这个在水晶色童子尿沐浴下的城市，于是庄总义无反顾地接受了任命，欣然地来了。

今天他终于见到他心目中的天使了，但他失去了未来，失去了晋升的机会，不是因为别的，是因为他太轻信。无数的中国人都知道这个冬天的童话，但不远万里前来站在那里傻乎乎面对那孩子的中国人却只有他一个。

他能怪那孩子吗?

他能怪那群制造孩子的童话的人吗?

他能怪领导吗?

他只能怪他自己。

那一夜他在无限的悔恨中熬过，一直到天明。

从此庄总一直未去参拜那个童像，因为他既恨那孩子又恨他自己。他又在代表处默默地待了两年。

但两年以后当他再一次看到那孩子后，他的观念完全转变了。

22. 憋出的两条人生真谛

那是一个风和日丽的夏日，那个城市最美丽的季节。

那天部里来了个领导，一个也喜欢名胜的领导，他点着名要考察一下他慕名已久的撒尿小孩儿。庄总虽不情愿，但又无法推脱，便硬着头皮陪同前往了。

那天整个城市的气氛是节日性的，蓝色的欧洲洲旗们飘得风风火火，店铺里挤满了挑选大小纪念品的游客，人们手里拿着小人儿，身上穿着小人儿，头上扛着真正的小孩儿，颇有一种要庆祝小孩儿铜像落成几百周年的气氛。

庄总带着领导好不容易挤过簇拥的人群，来到了那神童的面前。然而正当他们与人们拼挤着要与那铜孩合影的一瞬间，一个令人十分难以启齿的事故发生了。

他和领导都憋不住了，他们想小便。他们一路上都在寻找厕所，但由于各店里都充斥着游人，一直未能如愿，便一直坚持到目的地。然而他们都忘记了一点，就是这个尿童是众人汇集的圣地，只有进，没有出。又因虽然二人一路上都想方便方便，但迫切的朝圣的心情将之低调处理了，一旦到了目的地，一旦身心松懈下来后，那种要求便如离弦之箭，一下到了千钧一发的地步。

但他们却无的放矢，他们被众人挤得无法脱身。

庄总急了，领导也急了。庄总忘了自己是庄总，领导忘了自己是领导，此时的二人既无尊卑之分，也无身份之差，无过去无未来，他们只有一个共同的目标：

尿！

然而他们束手无策，他们四周被封得水泄不通。那些人来自世界各地，操着不同的语言，有着不同的形象，却都有一个共同的愿望——来看那个铜制的、撒着尿的小人。

于是庄总又一次将迫不及待的目光转向那个小孩儿。只见他仍旧神情顽皮地、一动不动地站在那里撒尿。那尿像水晶一样，闪着亮光流畅地从他那小手中喷射出来，而那小神童是那样的怡然自得，那样的无拘无束，那样的放肆，那样的富于创造性。因为他尿得痛快、通畅——在光天化日之下，他的尿纷纷扬扬地溅落在前来朝圣的芸芸众生的头上，他们之中就包括被尿憋得死去活来的庄总和他的领导。他们眼巴巴地望着那孩子，既嫉妒又羡慕。

也就是在这短短的几分钟里庄总第一次真正理解了那个孩子的神圣和伟大。

他懂得了那孩子之所以胆敢在大庭广众、在众目睽睽下随随便便、肆无忌惮地撒尿，而且不但没遭到人们在咖啡馆里对他那样的嘲弄，反而受到神灵般的保护，不但无需向老太太交撒尿费，反而可以永远免费地不分白天黑夜地撒下去，不是因为别的，就是因为他是小孩儿，倘若将庄总一类的成年男子放上去撒尿，不但会遭女人的嘲笑、男人的忌妒，而且还会招引无数老太太前来收费，招致无数警察前来罚款。

他又懂得了虽然这个城市本无名胜，那个孩子本来无名，但那个似曾有过的故事一经人们神奇的舌头的编织便成了美妙的传说，那个孩子便成了圣物。这条街上本无店铺，这里的人们本无事做，这个国家本无旅游，是那个关于小孩的美妙的传说为这个城市增加了知名度，为她带来了游人，而游人们又丰富了店铺，于是这个城市便有了生机，这个国家便有了经济。人们创造了小孩儿，而小孩儿又拯救了国家，从而再印证了那个传说。

庄总在那难熬的几分钟内先是憋出了以上两条真理，之后又接着从中憋出了两条人生的真谛：

第一，他明白了做人就要做小孩式的人。那小孩儿成功的秘诀不是别的，就是低姿态。因为他是小人，不是君子，所以人们从一开始就将衡量他的尺度放低，于是他才得以在众目睽睽之下随心所欲地“干坏事”。庄总联想到自己之所以在前半生中一憋就是二三十年，痛苦度日，提着裤子做人，不是因为别的，就是因为自己太一本正经了，太正人君子了，既约束了自己，使自己不敢为所欲为，又限制了别人，使别人不愿看到自己肆无忌惮。今后自己要在后半生中像这个孩子一样活得潇洒，活得自在，活得说尿就尿。

（想到这里的庄总真的想随地尿了，但一看到身旁领导虽然痛苦但不失庄重的脸，他又强行将尿憋了回去。）

庄总接着憋出了第二条人生真谛：

吹牛就要吹成这个小国式的牛。

这个小国的人民真是将这个小孩儿吹绝了！他们将小孩从无吹到有，从假吹成真，从小吹到大，由近吹到远，吹出了欧洲，吹遍了全球。他们不吹美女，怕引起美女们嫉妒；不吹壮男，怕招致男人们愤恨，他们偏偏选择了一个人见人爱，既能迎合全球父母们的慈爱又能博得幼儿们欢心的、与众不同的撒着尿的小孩。真是太聪明了，太绝妙了！

庄总悔恨自己在前半生中像龟一样笨手笨脚，像蚯蚓一样不敢曝光，直到近几年才吞吞吐吐说了几句英语和粤语，既不敢公开承认自己是华侨又不敢暴露自己是别人的丈夫和女婿，直落得被发配到小国，在不惑之年又一次背井离乡，妻离子散。

……

“我一定要重整河山，重新做人！”想到这些的庄总心潮澎湃、感慨万千，他用敬慕的目光看着尿如泉涌的小孩儿的铜像，立下了钢铁般的誓言。

不知为什么，想通了的庄总感到一身的尿意骤然消失了，他体会到了一种从未有过的解脱和轻松。他又瞥了身旁的领导一眼，只见领导的面目更加严肃，表情更加痛楚。

庄总忍不住得意地笑了，无意中吐出了一名英文：

“Take it easy！”（悠着点！）

23. 他也需要中国

半年以后庄总就被公司调离那个欧洲小国，告别了撒尿小人。

后来公司又送他去美国攻读MBA学位，庄总在美刻苦学习，在四十五岁的高龄上得到了硕士学位。

他在临毕业那年正好赶上美国政府允许向在它保护的那个小岛上出生的人发一种特殊的护照，于是庄总便排队领了一本，他因此便从华侨变成了一个既是中国人又不是中国人的外国人了。

庄总是90年代初才又一次回到中国的。

90年代的中国是一个彻底开放了的国度，那两道由水泥和内心筑成的墙已经完全消失了，人们四周是无边的海和骤然的空旷带来的茫然。

90年代的中国是一个追求的国度，人们希求得到一切以前失去的或曾拥有过的东西，无论新旧，无论好坏，因为人们所追求的不仅是他们要得到的东西，更是几十年来他们失去的追求的权利和资格。

一切与洋字有关的东西都是90年代中国人的猎物，并不是因为它们比不洋的好，而是因为人们在得到那些洋物的同时联想到了那两道禁闭他们的大墙，洋物将他们的感觉通向了海洋，联到了世界。

庄总就是在这个年代又回到中国的，从另一个世界，作为一个洋人。中国需要他，他也需要中国。

那时他的岳父已经离休，庄总便再不梦想当副总经理了。

那时正好公司在国外的子公司与国内的一家公司合办了太平饭店，需要一位外方总经理，庄总便欣然请缨赴命了。

于是中国又多了一位“老总”，饭店又多了一位老外。一开始庄总听不惯人们管他叫“老总”，因为他不喜欢国民党。后来人们总叫，他也总听，便习惯了。久而久之，总不听人叫反而倒不习惯了。

90年代人们看到的是一位给人第一感觉并不高尚的、整天“MBA、马来西亚、Yes、No”的，好表现的庄总。其实人们对他并不理解，是五年前那位撒尿的孩子教他升华，教他出世的。

新乔出书

关于新乔：新乔比余力、柴六和庄总都坦然，因为他已不愁没地方撒尿——他所从事的职业本身就是卖马桶的。眼下他一心梦想的是先出书，再出名，然后好永远不再沾马桶的边。他不想当克里斯第二，想比他的原上司提前三十年退休。

缘　　起：新乔90年代末回国后在国际著名马桶贩卖集团——T公司的中国分公司中担任要职。当他贩卖马桶的事业达到顶峰之后，便想到了名誉上的辉煌。他出资请某位著名作家以自传体的形式为他打造了一部《马桶之歌》，并自费将其隆重地推向了全国图书市场。

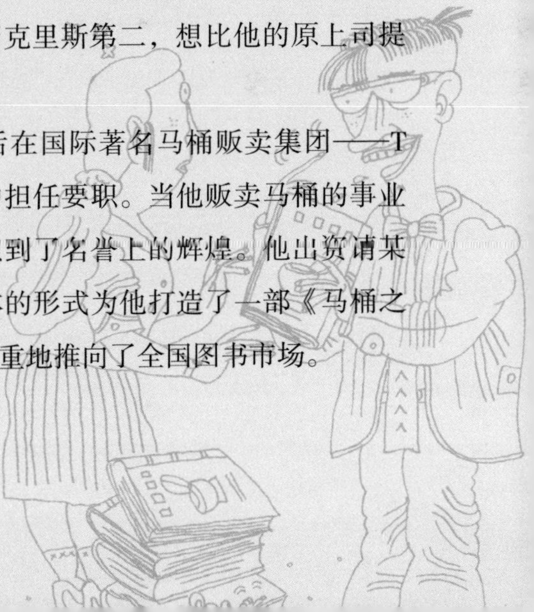

1. **名人常戴墨镜**

新乔的第一部书《马桶之歌》刚刚上市的那天，他面临三种选择：

（1）戴平光镜上街。

（2）戴茶色镜上街。

（3）戴黑色墨镜上街。

因为他已意识到他有成为名人的危险——因为他已出书了。他的那种出书就肯定出名，就可成为名人的心态已经根深蒂固地盘踞于他的脑中。

新乔以前见过一些名人，而名人的重要特征之一就是行走在大街上时佩戴深色的眼镜，使人不得直视其双眼，于是他每在街上与佩戴墨镜的人遭遇时，便敢肯定，他们不是瞎子就是名人。

有一次新乔与一位名人促膝谈心，并共同谈到了另一个名人，新乔说那人的毛病就是夜里上街佩戴墨镜。与他一同聊得兴致正高的名人听后不悦起来，说：

“我夜里上街也常戴墨镜。”

将新乔在街上碰到过的最有名的名人按照知名度排列，依次是：克林顿夫妇的背影、《第一滴血》史泰龙的侧面和在麦当劳前叫卖的米老鼠。

由于他是隔着防弹车的后玻璃，并且是从高楼顶上俯视来京进行国事访问的克林顿夫妇的背影的，所以并未看清他们在车内是否装配了墨镜。但的确那天史泰龙是带着墨镜向在街道已立等了两个多钟头的北美某市的居民们致辞的，他大手一挥，说：“我爱你们，贵市的影迷们，我一定会……再回来！”

其实当时听完这句话后，兴奋得几乎忘我的包括新乔先生在内的每一个市民都清清楚楚地知道：这小子来是为开Holly wood餐馆的，餐馆一开他绝对不会再来了。

但这并未阻止新乔和该市市民们齐声激动地高呼：

“我们等着你来——啊！”

2. 他必须出名

新乔先生在第一本书即将上机开印的时候已经对自己未来的前途做了如下的定位：

（1）他必须出名。

（2）他一定不能让他人看清他的真实面目。

关于第一点的解释是这样的：

（1）在他的书正在校对的时候，他已经用书面形式通知了他的几十号邻居、几百个朋友和几个直系亲属，说他已经十分有名了。

（2）在他的书行将印制的时候，他便毅然辞去了他在T公司中国分公司中的一切职务，以及年薪近十万元人民币的收入，并正式通知他的新上级他已经再一次下海。上级问他下海做什么项目和产品，他回答说下海出书，下海当职业作家，下海以稿费养家糊口。

（3）当确切听说他马上就要以书出名并会获得巨额的收入的消息后，他的妻子和尚未进入小学的后代也立即随他下海，也分别向单位和所在的幼儿园提交了辞去党内外一切职务的申请，尤其是他那后代，在幼儿园大班内四处散布说：“我这辈子再也不用干了！我爸成了著名作家啦！”

（4）紧接着，新乔的十几位直系亲属也因与他有密切的血缘关系而纷纷辞职或不干了，也都在全国各地四处散布“由于我的舅舅、姑夫、小姨夫……外孙女婿——新乔已经成名，我们这辈子再也……不用干啦！”

然后就都辞职了。

因以上种种原因，新乔必须因出这本《马桶之歌》而提高知名度并成为著名人物，而成为名人。

新乔先生已无退路。

新乔先生不晓得为何以前自己明明有个被人叫了三十多年的名字别人还说自己不是名人，而称那些同样也只有一个名字的人为“有名的人”。

没名字哪有户口？

他想不通。

他是在出版社同意出他的那本书并交了印制费用——他从亲属那凑钱自费出书——的时候，也就是隐约感到自己也行将要出名的那一瞬间，才开始悟出名人与非名人之间的区别的。

他懂了名人与非名人最根本的区别在于非名人往别人的面前一站别人叫不出他的名字，而名人往众人面前一站别人都能叫出他的名字——除了他自己。

名人往往记不住自己姓什么叫什么。

还有就是在装饰上的区别，非名人佩戴近视镜或望远镜，才能使劲看到名人；名人则要佩戴平光镜或墨镜，才能显得既有鼻子又有眼，而且还特瞎。

名人的墨镜说明名人都是大熊猫出身，都十分名贵，大熊猫的两个眼圈好像就特黑。

总之，名人如稀有动物和种马，或是囚犯。

名人的囚犯性是新乔计划将自己定位于一个“不让别人认清他的真实面目的名人”的主要原因。

新乔对名人做了一段时间的跟踪和观察，包括从十五层楼的楼顶用望远镜观察克林顿夫妇的背影和在有可能与之同归于尽的近距离观察史泰龙，他发现那些Super Star（超级明星）的共同特征是：

（1）必须由警车开道才能上街；

（2）必须被两条以上大汉揪着他们的左右衣领同行；

（3）不敢在光天化日之下独自上街；

（4）在各种宣传媒体上都频繁亮相，而且名字被频繁用黑体字加黑……

以上种种的名人特征都与被警方在某一区域内倾力捉拿的顶级罪犯雷同。

新乔先生早年曾在没有任何精神准备的情况下目睹了一次死刑犯被卡车拉着游街，然后奔赴刑场的悲壮场面，那时的阵式的确与克林顿在北京长安街上被拉着行进和史泰龙被秃顶大汉拥着向影迷挥手有很大成分上的雷同，何况从总统的坐骑上跨到死刑犯的囚车上是那般的容易，只是一个飞车的动作而已。希特勒和皮诺切克以及全斗焕、卢泰愚还有张春桥、江青、马科斯夫人什么的不就那么一下，就跳过来了吗？从名人的交椅到电椅和老虎凳只有一步之隔，只是抬抬屁股，只是早抬屁股和晚抬屁股，只是想不想抬屁股的问题罢了。

是那么的辩证和对立而统一。

名人和通缉犯是那么的容易对立，又那么的容易统一，那么……

在做出了以上种种十分清醒和理智的分析之后，新乔先生便在《马桶之歌》即将上市的最后一天决定：

（1）一定要成为名人。

（2）一定要隐藏起来。

其实他在将书稿交到出版社时就早早做出了以上的粗略设想，就一再向出版商强调：

一、不在封面印正面特写——如大多数急于出名的作家那样。

二、不使用真实姓名，更不用曾用名，要用能使读者联想到外国人或外星人的，听起来能使读者毛发直立的笔名。

出版商听后甚为不解，问新乔先生是否是出于什么形势上的或是婚姻法上的原因不愿使用真实照片和真实姓名。他的问题使原本就特不好意思的新乔先生更加不好意思和紧张起来。他甚至担心编辑会顺手按下桌下可能有的用作报警的红色按钮，在自己还没成为名人的时候就先被保送进牢房。但后来《马桶之歌》的出版过程出乎意料的顺利，证明新乔先生那时的担心是多余的和神经质的，是本不该有的。那过程还向新乔先生证明，成为名人的道路与成为罪犯的道路并不完全雷同——当罪犯并不一定就比当著名作家轻而易举，至少当一般作家比当罪犯容易，花点钱把书出出来就可以当上作家了。你看，这不才几个星期，新乔先生的《马桶之歌》就被印制出来而且跟着大货车上市了。

难吗？

乌拉！

我是作家啦！

3. 要将屁股面对记者

《马桶之歌》上市的第二天下午，在新乔先生的家中召开了一次由他在京城的十几位直系亲属参加的特别会议，会议由新乔先生主持。他先向大家宣布《马桶之歌》已经正式出版，自己已毫无疑问成了出了书的作家，然后他向大家宣布了几条今后作为名人亲属的行动准则和注意事项。

（1）要保持冷静。

（2）不要搞特殊化。

（3）要管好自己的子女。

（4）要保持名人家属的克制。

（5）要带头买书并在各自所在单位做好宣传和鼓动工作。

（6）不搞假大空，不搞Cool，不作秀。

（7）不许四处贩卖新乔先生的照片和遗书。

接着新乔先生还宣布了几条他作为作者本人的行为准则：

（1）不搞个人崇拜。

（2）不搞售书签名。

（3）不搞下乡送书。

（4）不搞碑文。

（5）死后要化作山脉。

亲属甲听后问能否对第一条不搞个人崇拜做具体行动上的规范。新乔先生便说他今后为人处世的总原则是人可出名但猪不能壮，因为人不怕出名但猪却怕壮，猪胖了就会挨刀，挨刀了就白出名了，具体说来就是要注意做到如下几条：

（1）不在新闻媒体上曝光。

（2）将屁股面对记者，而不是将正脸。

同时要求他在全国的亲属们也做到：

（1）不在新闻媒体上曝光。

（2）将屁股们面对记者，而不是将正脸。

新乔先生还谈笑风生地进一步阐述了人生难得的几种乐趣，其中最大的乐趣莫过于将形体变成隐身人，然后先用左手去抽一个仇人的左脸，接着再用右手满怀同情地去安抚他的右脸；莫过于先用电钮遥控点燃两国大战，然后再飞过去做调解两国争端的和平使者；莫过于先在大马路上撒一泡猴尿，再飞奔过去大骂国人素质太低。总之，人要做大事，但人要活得低调；人要争当名人，但人不能太狂；人要有呼风唤雨之水平，却要隐身藏匿于众生之中。中国自古以来出了多少名人，有过多少风流人物，但那些最有名和最有代表性的名人都是隐形的，都是低调的，都是蹑手蹑脚的，都是小心翼翼的，都是偷偷摸摸的。如阿Q，有名没名？但谁是阿Q？如叛徒，有名没名？但谁是叛徒？如观音，有名没名？但观音到底长得是什么模样？还有无名氏，有名吧！谁是无名氏？还有上帝，谁长得像上帝？汉奸呢？在马路上能找得到汉奸吗？但日本人来了你一看就知道了，多着呢！

新乔先生最后苦口婆心地希望他的亲属们一定要回去将以上这些一字不漏地传达给他在全国以及全球各地的亲友，让他们在全国以及全球都隐藏起来并保持低调，千万不要因一本《马桶之歌》而引发广泛的新乔名人效应。

亲属们听后半信半疑，有的说新乔先生是在寻找良好的个人感觉，有的问一旦《马桶之歌》创不出什么奇迹来，万一新乔先生不能按计划成为名人，那么：

（1）他那些因他成为名人而主动要求下岗的远亲们怎么办？

（2）他本人再去哪儿找工作？他已因在单位大肆宣传《马桶之歌》而被开除了。

（3）他们因此受到的心理伤害由谁来医治？

还没等新乔先生回答亲属甲的三个问题，亲属乙就抢先上来替他回答，说：

（1）他的疑虑完全是多余的。

（2）《马桶之歌》肯定会成为名著。

（3）现在亲属乙要考虑的根本就不应是新乔先生是否能够成名，而是如何对待未来的名声的问题。

（4）如果新乔先生真的成不了名人，《马桶之歌》真的无人问津……的话（他有些结巴），那么亲属乙情愿死给亲属甲看。

这时他的话被新乔先生打断了，他说快散会吧。然后他的手掏向了后屁兜中刚买来的一副墨镜。

4. 他夜里睡觉时都不摘墨镜

《马桶之歌》上市后：

（1）新乔先生、亲属甲、亲属乙、亲属丙就分头戴着新买的墨镜上街了，他们上街佩戴墨镜并非像其他名人那样怕被人认出，而是为了按新乔先生的要求保持低调，为了不给未来的追求者提供一张曾经被认出的脸。倘若未来的崇拜者根本就没见过他们的名人的脸的话，那么到那时他们便可以不配戴墨镜自由上街了——按照新乔先生的设想。

（2）新乔先生、亲属甲、亲属乙、亲属丙以及他们在其他地区的几百位亲属都不再购买报刊了，因为新乔先生让他们保持低调，让他们远离媒体；因为新乔先生知道媒体专爱找名人的花边新闻宣传，并把那些新闻与核潜艇的行驶路线等一级军事机密并排刊登，以便造成轰动效益。新乔先生不愿将自己的名字与进攻蓝军的日期一类的敏感消息连锁起来，怕万一红军进攻不了，蓝军便朝自己的方向杀来。

（3）新乔先生，亲属甲、乙、丙，以及他们在全国的所有亲属都增加了一种习惯，就是只要有人问起新乔先生的事——他的下落、他的健康状态等，就都一概予以驳回，同时按新乔先生规定的标准答案回答对方：

“你们只要放心吃鸡蛋就行了，何必关心那只会下蛋的可怜的鸡呢？”

由于几百号人都这么说，就产生了一些误会，而且误会主要产生于亲属之间。一次新乔的丈母娘失去了女婿，问到新乔的大舅那里，舅舅明知新乔的去处，也明知丈母娘有一间房着了火急需找到拿着钥匙的新乔，还死活不透露新乔的行迹，坚持说：

“你只要好好地吃鸡蛋就行了，那只鸡关你他妈什么事？”结果丈母娘被白烧了一间房。

（4）在《马桶之歌》被摆上全国各地的书店、地铁站、汽车站、洁具零售摊位、星级厕所中的阅览室之后，许多报刊和电台都按惯例向出版商提出了对新乔先生进行24小时追踪报道的请求，并得到了出版商的无条件支持。但几个月后没有一家报刊和电台实际刊登或播出关于新乔先生的任何消息，其中最主要的原因就是新乔先生的低调：新乔先生在夜里睡觉时都不摘墨镜！按照地区出版法和新闻法的要求，任何人——除了行将被枪毙或是失明一年以上人员之外，均需在媒体上用双目直视读者或观众，否则就将构成欺诈行为，因此始终戴着深色眼镜的新乔先生始终无法满足记者们取其正面免冠形象的要求。新乔先生据理力争，说《西游记》电视剧中没有任何一个牛魔王的扮演者曾露过真像。记者们反驳说牛魔王并不是作家，更不是著名作者。新乔也回击说任何作家的本事其实都大不过牛魔王，记者说非也，写

《西游记》的作家就比他大。新乔差点失控摘下墨镜跟他急。

5. 老鳖只会下蛋不会写书

《马桶之歌》上市两个月后，亲属甲、乙、丙分头从本市的甲、乙、丙三个方向赶到新乔先生的住处。

甲说他们那个区一本没卖出去。

乙说他们那个区一本也没卖出去。

丙说他们那个区倒是卖出了一本，但是他自己买的。

丙还说他通过关系了解到另三个省的销售情况亦如此，总共卖了三本，都是直系亲属买的。新乔先生听了十分感动，说那为何不让他们再多买几本？

甲说他那个区的其他亲属们有些感觉不好。乙也说，丙也说。丙说感觉最不好的是本溪市的亲属们，他们原本想投IT股或西部大开发要领股来着，却被新乔说服投到了《马桶之歌》和新乔的名人效益股上；本想能有20%以上回报，却不得不自己买书；本想……

丙有些怨恨，并用怨恨的目光看着新乔先生。

新乔先生由于正戴着墨镜，就没察觉。

甲说他做了详细的市场调查，结果显示目前书市上有几种书最畅销：一是反盗版的书，如Y老师的《马桶苦旅》；二是张口就骂人的，如W老师的《无知》；三是先在电视上把该说的都说清楚之后再录下来抄下来的书，如Z老师的《马桶情怀》；四是文化修养的，如《麻将开和指南》一类的书籍。

乙说没错，现在的书商卖书也是先看电视再看报纸再看书，凡是电视上没露过面的人写的书人家都不卖，因为电视上没露过脸的人在人家心目中都不是好人。

新乔说胡扯，那千年老鳖也在电视中下蛋，它会写书吗？

丙说这叫人们的成见。丙说眼下写书的人不仅要会上电视，还要会走路．而且要走出步态来，如Z老师，走路需占两条通道。

甲说怕就怕假深沉假高雅的人，新乔先生虽然从未在镜头上曝光，但有关部门在有关人员的协助下从远处摄得了一张新乔先生戴着墨镜的侧影，并将之推荐到了各类书贩那里，书贩们看后不但没增订《马桶之歌》，反倒把所有刚刚摆到摊子上的书全撤了下来，大家都误以为新乔先生正受通缉，都以为《马桶之歌》已是禁书。

丙听到这里后说再也不能等了，并强烈要求新乔先生不能再崇高下去，要面对现实，要对本溪市因《马桶之歌》而下岗的人民负责，要对众亲友的投资回报率负责，要……

“不用再说，我按你们说的办就是了。”

新乔先生说完后便甩手走进了卧房。

片刻他又出来，将一瓣墨镜的镜片塞给了甲、乙、丙。

6. 你左眼到底瞎没瞎？

以下是自从新乔先生开始佩戴只有一瓣墨色镜片的镜子在街头出没后他与《小道消息报》特约记者的一次谈话记录。

记者：新乔先生，自从您开始佩戴单片墨镜并以作家的身份在京城的所有媒体上曝光之后，引发了一场前所未有的关于作家艺术家形象的热烈讨论，并在京城的艺术界掀起了一股莫名其妙的关于单片墨镜的追风潮流，许多艺术界的知名人士都仿效您的思路将左眼或右眼加黑，都在夜间突如其来地以一只黑眼走在街头，这十分令人担忧和不可思议。有人说您是第一个终于找到世纪末卖点的聪明的作家，有人说您是在故意玩弄读者的视角，有人说您是因文章写不好才在街头兜售形象，有人却说您是艺术界的牛魔王，是急先锋，是后后现实主义者。关于您的那只被封闭起来的左眼，有人说是瞎了，有人说是没瞎；有人说前者瞎说，有人说是后者瞎说；有人说您将一边眼睛遮住是为了聚光看人，有人说是为了片面看人；有人说是为了能一叶障目；有人说是您左边从生下来根本就没有眼睛；有人甚至说——当然是胡说——您的那只左眼是淮海战役中被弹片击伤的，有的小报加以澄清，说您压根就不可能参加过淮海战役，因为您今年才三十多岁，说那是在莫斯科保卫战或是北非的沙漠战役中被击伤的。在《拯救大兵》电影公映后有人还编造说你特像电影中在诺曼底登陆时被打瞎左眼的一个美国大兵。有人甚至将您的历史追踪到“文革”，说您在“文革”期间就是写大批判文章的黑笔杆子，因专用左手出击所以被封杀了左眼。总之，关于您的左眼的传闻实在是太多了，多得急需由《小道消息报》协助整顿。不知新乔先生是否能在此就您的左眼发表自己的看法。

新乔先生用没被墨镜遮着的右眼示意记者后面的记者不要随便拍照，然后清了清嗓子，说：“无可奉告。”

记者：一点都不奉告？

新乔：不。

记者：你为何单眼看人？

新乔：为了能睁一只眼，闭一只眼。

记者：你到底是在北非还是在“文革”中受的伤？

新乔：都是。

记者：你是否像媒体传说的那样卖书搭过鞋或是卖鞋搭过书？

新乔：都没有，但搭过酒。

记者：你为何开始时带双边墨镜？

新乔：为了脱俗。

记者：你为何如此低调却组织全国各地的亲属在所有的书摊排队哄抢你的书，而且在没有你的书的所有书店都用高调门大喊：“为何到现在还没有新乔先生的书，我们想买！”

新乔：那是他们自愿的，我不应为之受到指责。

记者：你与在北非战役中指挥德军的隆美尔元帅到底有没有血缘联系，为何他瞎了一只眼，你也瞎了一只眼？

新乔：可能有，但我的右眼与他的右眼却有本质的区别，我的右眼仍有一块镜片，是平光的。

记者：用一只眼看人和世界是否极其片面？

新乔：但聚光。

记者（突然）：你有无婚外恋史？

新乔：有。

记者：恋谁？

新乔：恋大树和河流。

记者：你的书最大的卖点是什么？

新乔：是仅用一只独具的慧眼写的。

记者：你是否考虑今后卖书也搭一副单边墨镜什么的？

新乔：不，我将会卖单边墨镜搭书。

记者：我不理解为何您从不让媒体刊载您的正面照片。那次您在一家最著名的消息报上只刊登了一副，还是做了特技模糊处理的，而且是用广角镜头偷拍的，是从相当于从八大处拍香山或从东方明珠拍外滩的距离，而以上距离只适用于在非洲原始森林中拍摄出没无常的野人。但您是艺术家，是京城最新繁荣昌盛起来的文学明星，是伟大的作家！您太藐视读者和传媒工作者了！人们不禁想问您是否正在遭受通缉。

新乔：没错。

记者：被何人通缉？

新乔：坏人。

记者：还有呢？

新乔：小人。

记者：最后顺便问一下，也是许多关心您的人最想迫切知道的，您的那部与烧酒搭卖的书到底叫什么名字来着？

7.《小道消息报》引起的冲动

《小道消息报》上的那则对新乔先生的专访如在京城原本疲软的出版界投下了一块巨石，引起了极大的轰动。人们普遍不能理解的是那般清高的新乔先生为何偏偏接受一张街头小报的专访。

被转载了不下百次的新乔先生如今再走到大街上时的心情是与没被转载前截然不同的。报上的文章被抄载的第二天他就在马路上被一个男性用半阴半阳的脸死死叮住，并被就近看了半个时辰，他心说这下自己可真成名人了。可那人走远后他才想起那小子小时曾跟他打过一架，原来是与宿敌相遇。但新乔在失望了半个时辰又找回了名家的感觉，他认定那厮是因为知道他已成了名人，所以没在相隔二十年后又回送他一拳。

新乔先生还经常在书店或其他摆着他的《马桶之歌》的地方用出其不意的话语惊吓那些店员，他会冷丁来上一句："你知道我是谁吗？"

被他问到的店员绝大多数莫名其妙，新乔先生便急忙补充上一句："我就是那本《马桶之歌》的作者啊！"

新乔在将真实身份暴露出来后，一般就会急速转身而去，从不去细看被问人听后的表情，他可凭想象知道那些人是如何的惊喜。

有两次有两人听了新乔先生的问题之后做出了十分肯定的回答，一个说："你不就是那个发明单边墨镜的人吗？"另一个说："我正愁找不着人退书呢，可终于把您给盼来了！"

新乔掉头便走，连单边墨镜都来不及戴。

尽管出现了几起如上所述的意外事件，《马桶之歌》的销售还是取得了令全国图书界瞩目的成绩，它的销售数量一路扶摇直上，甚至超过了《圣经》和《道德经》，以及《金刚经》，成为该年度全国华语图书销量最多的畅销书之一。新乔先生虽然一举没成名，但第二举却成了名人，以至许多喜好读书的人见面就问："你看过那本《活着并不痛快》吗？"另一个读者答道："当然看过，还是戴着新乔先生发明的读书人专用单片墨镜看的呢！”

新乔先生一下成了图书界的名人！

8. 脑残能写作吗？

半年以后的一天，新乔先生的住所聚集了从全国各地赶来开会的他的一百多位亲友，他们正在召开《马桶之歌》和“新乔”牌墨镜的全国首届销售总结表彰大会。

亲属甲主持会议，他说本届大会所要讨论和需要做出决议的几个重大事项是：

（1）今后究竟是搭书卖眼镜还是搭眼镜卖书。

（2）如何使《马桶之歌》的销量突破百万大关。

（3）如何处理名人新乔和新乔的亲属之间的历史遗留问题。

关于以上几个议题，他欢迎前来开会的所有人都畅所欲言，言者无罪，他还希望新乔先生听了既不可言听计从，也不可无动于衷。

亲属乙先带头发言，他说应以卖眼镜搭书为主要促销方式，因为现在社会上一般群众在听到“新乔”二字后首先想到的不是书，而是墨镜，“新乔”牌单片墨镜的品牌已直逼“雪亮”和“不雪亮”牌眼镜了；他说一旦在这种形势下将新乔先生作为作家推向市场，市场肯定会发生巨大骚乱，会攻击新乔先生是在赶“名人出书”的时髦，会给目前如火如荼的“新乔”牌眼镜的抢购狂潮泼上冷水，并得罪那些刚刚佩戴上“新乔”牌墨镜并以之为Cool（酷）的消费者，在他们心理上造成重创，并影响今后售后服务工作的开展。作为结论，亲属乙坚决反对以书带动眼镜的促销方式，并极力主张新乔先生今后再也不要以作家向别人介绍自己了，因为那样会喧宾夺主，而且不务正业。

亲属丙也举手赞成他的观点，并对眼下城里的书市做了有理有据的分析。他说，从实质上说现在传统意义上的作家全已下岗，全改行卖眼镜或皮鞋了。如今写畅销书的人大都是从电视上下来走穴的，因为电视本身的穴位已经不多，他们出书之所以能够一炮打响是因为人家广告在先，出书在后，俗语说会说的不如会唱的，会在舞台上说唱的不如会在电视上说唱的，电波多快啊！而会写的就更不如会在电视上说唱的了。他还说眼下即使专门写书也要一颗红心两手准备，既会写自己也会写别人，具体说来就是要学会骂人。

新乔先生听到这里不服，说我上次不是已经应邀在报纸上臭骂了自己一顿吗？

亲属丙说，你自己骂自己哪够？要群起而攻之，要朝要害处骂！要朝绝对隐私处骂，要追溯到几代人骂！而你自己骂自己的文章也太容易被人识别了，张口就我×你妈，一看就是出自你自己的风格，而且要想以书在市场上立足光会骂大街仍然不够。就拿现在书市上最走红的几位作者来说吧，Y老师为了找题材要到埃及去，要冒在伊拉克被当作维和多国部队所派间谍抓起来的危险，要带几个三陪女记者，要看一千年以前的书，要写一千年以后的日记，你能与他比吗？再说Z老师，连动物都被他请到书里做嘉宾了，而且人家专会用异性般细柔的手法写，异性之手啊！你能与他比吗？

“看人家Z老师走路是怎么走的？是横着走的！人家售书时有

“你知道我是谁吗？”

武警陪伴！”丙激动地插嘴。

“是押送吗？”新乔问。

“不，是保护！”丙说。

说到W老师时丙是这样说的：“虽然W老师写书既不用异性的手笔也不到地中海边去搜寻可进行感叹的妇女儿童，可人家W老师骂人跟斗蟋蟀似的，专找牙大的掐，去年人家一口就把J（英文字母）大侠给咬了一口，而且还贼狠，是从后屁股那出其不意照死咬的。你的心太软，下不去口，你不能跟人家比狠。”

就这样大家分析来分析去，从A老师分析到Z老师，却都找不出新乔先生得以在写作界长久立足的最佳良策。

“那就将他的裸体照打到封面上。”有的亲属建议。”那违宪！”有人反驳。

“说他身残志坚呢？”有人建议。

“他哪残？”

“大脑。”

“脑残能写作吗？”

大家就这样你一言我一语争吵了两天，一直拿不出一个能使《马桶之歌》的销量突破百万大关的良策。有人说干脆算了，再不提卖书的事了，今后我们只卖单边墨镜。有人不同意，说那从商业上讲绝对没问题，肯定会给新乔家族和他所有的朋友带来可观的经济收益，并可将大伙原来投给《马桶之歌》的资金全部回收，但那样对新乔先生也太不仁道了，他原来出山的目的是为了当著名作家，而不是当著名眼镜发明家，那有悖他的初衷和志向，单边墨镜虽然登记注册了专利——以“21世纪第一绅士标志”的名义，但难道别人就不会仿造吗？咱们做左边黑的墨镜，不兴人家发明右面黑的墨镜吗？那太不保险了！说来说去最关键的是让新乔先生以最有效和最快的方式在文坛上将形象竖立起来，让《马桶之歌》以最快的速度突破百万销售大关，让它既超过《马桶随想》，也超过《马桶苦旅》，更超过《活着并不痛快》和《无知》，让新乔先生的文名和《马桶之歌》都在文坛上万古长青，而且永垂不朽。

这时众人从接近床头的高度听到了一个十分沉闷的声音——那是来自文艺界的亲属丁在讲话。他是这样说的：“你一提起永垂不朽，我倒想到了一个不大好说但一说出来就会绝对灵验的主意，这种方式一旦被采用了，我保证我们所有人的所有目的全能被满足和超额实现，它既能使大家在《马桶之歌》上的投资得到百倍的回报，也能使‘新乔’牌单边墨镜的销量呈几何级数直线上升，更能彻彻底底地满足新乔先生本人想成名成家，想成为伟大的文学家、小说家的心愿，既使《马桶之歌》万古流芳，又使先生极力保持低调、保持沉默、保持平静和超然的初衷得以十全十美地实现。”

众人屏住呼吸，听他继续说下去．听他将谜底揭开。

亲属丁并未一下将答案给出，而是继续侃侃而谈：

“在今日的文坛，在本世纪末的文坛，如想不朽，如想速成，如想先速成后不朽，总共有两条路可走：一是像W、Y、Z老师那样去搭书卖鞋，去顶着炮弹到伊拉克朝圣，去学孩子到马路上骂大街。二是像诗人海子那样卧轨就义，像日本小说家三岛由纪夫那样剖腹自杀，像美国的海明威那样饮弹身亡，像顾城那样杀妻宰鸡，或像王小波那样英年早逝……总而言之，如果想快速不朽和快速变富就要下猛药、下狠心，就要破釜沉舟，要杀身成仁、杀鸡取蛋，要舍孩子套狼，要……”

众人听后先是惊诧万分又马上顿开茅塞，然后急忙分头四下寻找新乔先生，问他到底情愿选择哪种方式不朽，但找来找去却再也不见新乔先生的踪影，原来没等亲属丁说完，他早已逃出屋子不知去向了。

地上只留了一副他扔下的戴了半年之久的黑色半边墨镜。

何乐辉对话齐一民

——关于《柴六开五星WC》

2020年9月17日　星期四

何乐辉：今天我们要与齐老师交流的是“马桶三部曲”的第二部《柴六开五星WC》。请问这部小说在动笔之前是事先设计好的吗？或者说是先有“马桶三部曲”的设想，然后按部就班地先写《总统牌马桶》，再写《柴六开五星WC》《马桶经理退休记》吗？

齐一民：这三部小说是分别写的，可按归国前后划分：我是1998年中期回国的，归国前写的是第一部《总统牌马桶》（1996—1997年）和第二部《马桶经理退休记》（1997—1998年初），第三部《柴六开五星WC》有四个故事，其中两篇《柴六开五星WC》和《撒尿小孩儿》是在加拿大写的，另两篇《余力》和《新乔出书》是回来后写的，时间是千禧年前后。

何乐辉：“马桶三部曲”发生的年代和历史背景相同，由同一个道具“马桶”把三部小说连接起来，但“马桶三部曲”的人物并无交集，写作风格也并非完全一致，请您谈谈三部作品的内在联系！

齐一民：《红楼梦》的写法是“草蛇灰线、伏脉千里”，就是把能表现主题的线索零散地布局在小说的字里行间，我的“马桶三部曲”中的“马桶元素”也是一样，是散状埋伏在70万字中的。

即便“马桶三部曲”在分头写作时并没有一个三部曲写作的总体战略，但我把它们“捆绑”成“三部曲”也理由充分，就是其内容都多少和马桶、撒尿等排泄器皿或排泄行为的“下三路”有着关联：第一部《总统牌马桶》自不用说；以我的亲历为素材的第二部《马桶经理退休记》里面那个北美的T（Toilet）公司，其主营产品也是“马桶”，当然，这是为制造戏剧气氛杜撰的，我当时就职的那个公司的主营是五金产品。

在第三部《柴六开五星WC》里面“排泄”线索则是暗藏的，比如第一个故事中余力工作的那栋楼中的那个“高干”就是“马桶局局长”；在第二个故事《柴六开五星WC》中除了WC就是厕所之外，柴六原单位领导——乐团指挥，最后是被尿活活憋死的；第三个故事《撒尿小孩儿》里的原型是比利时著名的“撒尿小孩铜像”——小于廉，那个庄总也是因为挤在人群中不能出去撒尿而憋出和感悟到了“人生真谛”；最后，第四个故事《新乔出书》里那本“名著”是《马桶之歌》，诸如此类。

这些线索或明或暗地出现在“马桶三部曲”里面，尽管有时密集有时疏散，但都像是“灰蛇”蹚过的草坪一样多少会留下线索和痕迹，它们也构成了“马桶三部曲”的脉络和支点。

何乐辉：在我看来，《柴六开五星WC》由四个独立的中短篇小说组成，分别为《余力》《柴六开五星WC》《撒尿小孩儿》和《新乔出书》，四个故事中的四个人物余力、柴六、庄总和新乔也无交集，但他们显然生活在同一时代，也就是20世纪90年代，您写作时为什么会选取这些人物？他们具有时代的代表性吗？

齐一民：这几个人物都有模糊的原型，不过有的更接近真人，有的则是根据真人素材提炼加工，有的则纯粹是杜撰出来的。

“余力”是我根据“多余的力量”概念杜撰的名字，他的原型是我居住的那个楼里开电梯的那些电梯工们。因为当时我才回国，看他们很好奇，觉得开电梯是个十分有“中国特色的职业”，存在的原因应该是劳动力多余——电梯本来就不用专人开嘛，何况开两部电梯竟然要一个“电梯班”的人马呢。

“柴六”这个名字更奇特，它其实是柴可夫斯基第六交响曲的代号，而它的真名是《悲怆交响曲》，但到目前为止评论家们似乎还没get 到这个点和我起这个名字的良苦用心，它其实是解析那个荒诞故事的“密匙”。

《撒尿小孩儿》里的庄总的原型是两个人：一个是我在蒙特利尔接待的一位从国内去考察我们工厂的客户“庄总”——他身为侨领公子的身世和经历被用到故事的上半部分了；在故事的下半部分庄总到比利时去看撒尿小孩儿于廉，则是我自己的经历，我真的是怀着朝圣的心情去比利时寻找那个非常不起眼的小于廉铜像，看完后却大失所望。

最后一个故事《新乔出书》里面的人物新乔的原型就是我自己，当然是经过艺术加工过的。

用“新乔、老乔”当自己的替身写“自嘲体小说”——即用第三人称写自己亲历的故事是我的一个特色，比如《马桶经理退休记》中的主人公之一就是新乔，长篇小说《自由之家逸事》和中篇小说集《走进围城》写的都是新乔的故事。 我已经完成了三部“新乔故事”了，其中第一部就是“马桶三部曲”里面的《马桶经理退休记》，还有《柴六开五星WC》中的第四个故事。

何乐辉：在文学作品中有“讽刺小说”这一类别，作者用夸张的、漫画式的描写手法，突出人物及社会现象的可笑及畸形的特征，简洁、尖锐地撕破给读者看，贬斥人性和社会丑陋的一面，从而达到暴露、警诫、鞭挞、抨击的目的。著名的讽刺小说有我国清代吴敬梓的《儒林外史》，俄国作家果戈理的《外套》《钦差大臣》，美国作家马克·吐温的《镀金时代》等。《柴六开五星WC》无疑具有上述这些作品的特征，当然也不完全一样。您是因为受到这些作家的影响或启发才以这样的风格创作，还是因为您自己的天赋秉性使然？或者说为什么您没有选择用别的风格写作？

齐一民：您总结得非常到位。不过，我不算是受到上述那些作家的影响，我的作品也有“讽刺小说”的味道，但骨子里我写的并不是对个别人物或者事件的嘲讽，那些故事更多的是借助讽刺而写的悲剧。这种悲剧也不是表层的而是深层次的，不是一时的而是长存的，不是揭露治愈就完事，而是人类自身无法克服的，这可能更像是法国作家加缪所说的“荒谬感”，或者还可称之为“结构性大悲剧”。比如：那个柴六开厕所的故事，其实暗喻的是在追求“艺术”和“物质”两者之间难以调和的天然矛盾；那个余力（多余的劳动力）暗喻的是人类为竞争有限工作岗位而不时发生的人与人之间、国与国之间的“械斗”；戴墨镜的作者新乔隐喻的是从艺者面临的个人活动自由和社会曝光率、社会功名之间不易协调的关系；等等。这些都不是一时的不协调和尴尬，也不是某人某个时段矛盾性的取舍，它们是结构性的、长期伴随我们的，它们会在条件成熟后必然发生，因此，是极富悲剧色彩的。什么是悲剧？，就是人总会面对、总会重复、总想解决处理，却又总会处理不当的事情，因此会陷入悲哀。

我写的故事应该叫“大隐喻”，是用“点”（个别荒诞离奇故事）带“面”，以“明”（表面现象的揭示）表现“暗”（暗藏的危机矛盾），它们更像是哲理小说，因此难以找到和我相似的写法，正如难以找到两个相同的作者。

何乐辉：20世纪90年代是中国改开的第一个十年，国门打开了，思想解放了，社会处于剧烈变化当中，人们的行为方式也在变，作为作家的您当时也处于这场变革当中，您当年在写作《柴六开五星WC》时如何区分对与错的界限？如何把握美与丑的尺度？

齐一民：这是个不会有标准答案的问题。（笑）

的确，20世纪90年代是个万花筒的年代，我游走于北美和亚洲，国内和国外。20世纪90年代的人活得匆匆忙忙热热闹闹，几乎没时间反思，主要就是跟随飞速行进、富于刺激的社会变化大潮，似乎只有一个目的——千万别被拉下，或能用“不择手段、百舸争流”四个字形容之。

现在回顾一下，似乎“对错”“美丑”对那个时代来说太草率，很难寻求稳定答案，当时对的现在可能是错的，反之亦然，当时丑的现在看是美的，或者再过半个世纪，又会颠倒过来。

我觉得或者用“拼死追求美丑、死活找出对错”概括那个转型时代的特征更加适合。人们不信邪，不怕尝试新的，无论是艺术上还是做生意，都敢想敢干，不计后果，义无反顾，您只要梳理一下那个时代留下的影视作品、文学作品就会发现，它们基本都具备“天不怕地不怕”“妹妹你大胆往前走”的探险色调，比如作家莫言吧，他的代表作都是那个时期写的。

因此，与其用对错、美丑来评判，不如描绘人们追求它们的艰苦过程，而《柴六开五星WC》中的四个荒诞主人公，就是20世纪90年代艰苦卓绝追求命运改变，以生命为成本探索真善美真谛道路上的苦行僧。

何乐辉：在四篇（部）小说中，《余力》更注重人物的塑造，有许多余力的心理描写，而《柴六开五星WC》更多的是在写社会，人物也更多了，除了柴六外，还有胡思、刘银、厉骇、指挥等，而且《柴六开五星WC》的讽刺对象更多、范围更广、程度更深，我更喜欢《柴六开五星WC》这篇，是篇经典的讽刺小说，那么您呢？

齐一民：余力由于是多余的，是需要随时准备应付下岗危机的人，因此思想斗争会多，应付危机的手段也必然花样百出。柴六是“悲怆的艺术家”，其实实质上和余力一样，原本也是想从事自己热爱的艺术事业，也想留在原本的崇高岗位上，只不过禁不住物质诱惑而走上了开厕所的偏道。

其他的人物：胡思——善于胡思乱想的，刘银——在银行工作的，厉骇——有权势的、厉害的，这是我给小说人物取名的特点，就是“象征化”，《总统牌马桶》里就更是不胜枚举，比如“裘八”是“求发（财）”的意思，这种取名的好处是能把人物的特点提炼出来，并打上标签，使读者“望名生义”，让人物更具代表性。从这层意义上说我的小说是远超小说的“超文本”，剧里的人物都不是哪一个人，而是哪一类人，那些概念性极强的人物被我像皮影戏中的道具似的在“幕后操纵”，让20世纪90年代众多类别的人物在激荡时代的舞台上粉墨登场，拳打脚踢，翩翩起舞，众声喧哗，展现他们之间的爱恨情仇。

换言之，小说里人物的名字就是他们的“时代标签”。

要说在四个小说里我喜欢哪个，当然是都喜欢了，四个主人公分别是城市打工者、艺术家、商人、作家四种人的缩影。您喜欢柴六的故事，说明您有艺术家潜质吧！

我或许也最喜欢柴六。我是业余写小说的，也算是半个从艺者，更能切身体会到当一个不成功的艺术家的悲壮感。

其实那个“五星WC”的灵感来自杭州西湖。有一次我晚间在西湖边转悠时见到一个非常奢华的场所，原以为是家五星级餐馆，走进去一看原来是一个超豪华厕所，要知道20世纪90年代的中国还并不富裕。

我最喜欢柴可夫斯基的第六交响曲，于是有了“柴六”——悲怆的柴六。回到蒙特利尔后我就把“五星WC”和捏造的人物“柴六”联系到一起，写成了这个象征性的艺术家悲剧小说。

何乐辉：我尤其喜欢《柴六开五星WC》的结尾。五星WC倒了，变成一片长满了荒草的WC 遗址，夜间时常传出鬼哭狼嚎的声音，那声音听起来让人产生不同的、复杂的情绪，或凄婉，或哀怨，或怀恋，或悠长。后来，在其废墟上另一座五星级建筑拔地而起。时代在不断地向前，在不断地变化，其实，柴六还想回到过去，可是他回不去了，最后消失在一汪湖水之中。您如何评价柴六这个人物？

齐一民：其实，柴六的悲剧是普遍性的，可概括许多不情愿却不得不为之的行为以及相互矛盾的概念，比如“理想和现实”“艺术与金钱”“人情与生意”等等，这些都是人生中会不断遇到，却又难以调和或永远无法做出完美选择的事情。

就拿那个本来拉大提琴却一猛子下海开厕所的柴六来说，他的悲剧是在“艺术追求”和“物质满足”之间选择了后者，而他又不可能真正放弃或忘记艺术，因此，荒诞和荒谬就大尺度产生了，或者说，他在下海的那一时刻开始，就已经注定了自己比在交响乐团没事干更加悲怆的结局。

柴六的悲剧发生在古今中外很多艺术家的身上，都是难以在“纯艺术追求”和“有尊严生存”二者之间进行协调。协调好了的极少，不成功或失败的例子就太多了，从柴可夫斯基（靠梅克夫人接济生活）到曹雪芹（潦倒而死），从巴尔扎克（负债写作）到王小波（为生存考卡车执照）等等。

在小说的结尾处，破产的柴六最后带着他心爱的大提琴，在《天鹅之死》的弦律中投湖自尽，那是许多艺术家的“心之死”，我把结局写成那样，是带着巨大同情心的。

《柴六开五星WC》单从生意的角度看，其实也是一个警示录。君不见，几十年来多少人按照“胡思们”的点子走上了挖祖坟、盖豪华楼堂馆所的荒唐的跨市、跨省、跨国的生意不归路，给中华大地和地球上留下了多少最终会被推土机铲平的莫名建筑和烂尾项目。

再有，在2020年全球瘟疫泛滥的时候，又不知多少人一夜间变成了失去岗位的“多余的力量”，变成丢了艺术饭碗，不得不考虑其他谋生之道的“柴六”。因此，这种“象征写法”的小说是会一直有普遍意义的，小说的人物或许过时，但事理和矛盾并不会失效和解除，只不过后来的人们会把自己的新经历和新体验镶嵌进同一个故事结构模子之中，面对类似的下岗失业的焦虑和怎样做出悲怆抉择的困惑，演绎出各自所处年代换汤不换药的“怎样才能不成为多余力量”，如何捍卫艺术家尊严的故事而已。

何乐辉：《新乔出书》一篇也是典型的讽刺小说，您选取了一个典型的事件，出书对于中国知识层和渴望进入知识层的人来说是一个梦想，人们常常把出书与成名成家联系在一起，改革开放四十年来是中国个人出书最多的一个时期，因此具有典型意义。您出了二十多本书，您的感受是什么?是否与新乔有相同的经历与感受?

齐一民：《新乔出书》写在《妈妈的舌头》出版（1999年）和我得知《总统牌马桶》能够出版的时候，当时因《妈妈的舌头》出版我上了湖南卫视和《中国新闻周刊》，并到央视《读书时间》栏目录制了节目，就有些飘飘然，多少有点“你已经是著名作家”的错误幻觉。还有，我目睹过赵忠祥老师在2000年北京书展上批评有人说他“卖书搭皮鞋”；另外，有一次我到老电影艺术家于洋先生家里去做客（我们两家是故交），于叔叔说他出门怕被人认出来就戴着一个墨镜；再有，我在蒙特利尔街头见过美国影星史泰龙对着众人高声演讲的“牛人相”；所有这些都是编造《新乔出书》的灵感来源。

《新乔出书》俨然是喜剧。一个作家担心成名后被人认出来失去活动的自由，就白天夜里都戴着墨镜，将自己掩饰起来，让自己保持在“最低调隐形状态”。他认定“酒香不怕巷子深”，只要自己作品过硬，宣传是多余的，但他大错特错了，由于他过于低调和隐形，不仅他的作品无人问津，还连累了因对他期待过高而投靠他的亲朋好友，最后，悲剧就发生了，有人逼他用自己的“死亡事件”作为终极手段，使自己的作品成功并流芳百世。

其实和柴六一样，《新乔出书》也包含着一个无法解决的“二律背反”——要不你低调，要不你吹牛。前者的风险是你可能永远不会在艺术上成功（当然，也有极个别成功的隐形作家）；后者呢，则是你迎合市场的“低级趣味”，比如卖书搭鞋等。能在“洁身自好”和“同流合污”中间平衡者才真厉害，但我自己不是。

我用笔名“齐天大”出书十余年，而且在笔名之下从不做作者详情介绍，就是想保持“戴着墨镜睡觉的新乔”的低调，想让书出名但自己不暴露真容，但结果是书无名，人更无名，迫不得已，从前些年起我摘掉了“墨镜”，赤膊上阵，直接用真名出书了，但似乎为时已晚（一笑）。

何乐辉：《撒尿小孩儿》中的庄总是《柴六开五星WC》四个故事中交代得最全面的人物形象，几乎讲述了庄总的一生，当然主要故事还是发生在20世纪90年代，还是在商场，但它更多的是关注人的命运和做人的态度，庄总或作者最终得出为人的结论：做人要做像“撒尿小孩儿”一样的人；做事要像“撒尿小孩儿”的“父母”。

齐一民： 如前所述，“撒尿小孩”是个用“什锦材料”缝合而成的小说，上半部分取材于我的一个客户“庄总”，他是著名侨领的公子，他出生在马来西亚，后来随父亲回国，又经历了“文革”的低谷，改革开放之后他再次“复活”；后半部分则是我自己1996年去欧洲旅行在比利时布鲁塞尔的“遭遇”。

至于小说的标题，还记得电影《尼罗河上的惨案》中那个自称“比利时小人”的神探波罗吗？您把“比利时小人”和“撒尿小孩铜像小于廉”串联起来就找到这个故事名称的来由了，其实，它想说的也是一个难以处理的矛盾——做小人还是当君子？当庄总被挤在水泄不通的人群中想小便又不能夺路而出的时候，他看那个撒尿小孩儿铜像正在尽情地撒着尿而毫无顾忌，为什么？就因为它是个小孩儿——一个小人？于是庄总突然醒悟到要想痛痛快快地方便而不受煎熬，你就别当大人、别当君子，就要当小孩儿、小人……

比利时人不就那样做的吗？他们生把一个不太起眼的小铜像，没羞没臊地打造成让全世界趋之若鹜的“名胜”，靠的就是一颗皮厚的“小人之心”。（玩笑）

何老师现在明了我的“其中味”了吧，写小说的好玩之处就是可以像做菜那样把生活中不经意的边角废料放到锅里加工，按照自己的思路和逻辑编排出有隐含意义和趣味的文字。

何乐辉：您在《柴六开五星WC》中提到或影射了许多20世纪90年代的标志性人物，如打假的王海，当年的首富牟其中，还有……胡思是不是就是当年的“点子大王”何阳啊？

齐一民：是的，咱们是同龄人，大家都知道“点子大王”何阳和“空手套白狼”从俄罗斯弄回三架飞机的牟其中，他们二人是那个“人有多大胆天有多大产”时代的代表性人物，是那个时代的马云、马化腾，都能“胡思乱想”并付诸行动。二人都有过牢狱之灾，现在也都出狱了。

我个人对他们还是蛮崇拜的，当然，除了他们的“原罪”，但邓小平的“摸着石头过河”起初对大家来说不也是“不可能完成的任务”吗？

能够“胡思”——想出别人想不到的点子，也是一种超凡能力。

何乐辉：我知道齐老师从商多年，后来在北语教的还是商业课，对商业有自己独到的见解，您在《柴六开五星WC》中借胡思之口提到的那些商业思路，后来证明是正确的，比如：90年代初期商业集中在“做”（贸易），90年代中期以后商业的精髓应该是“开”（工厂、餐厅、诊所……），请问齐老师：2020年及以后几年商业应该怎样?

齐一民：快别提了，2020年把我这个编纂出《柴六开五星WC》的作家一下子变成那四个故事的主人公了。（笑）他们借病毒还魂，还到我一个人身上了。您看，我在北京语言大学任教十六年，一直给外国学生讲授商业和语言文学课程，但因疫情，今年我的外国学生都不能回中国，我这个老师也就下课了，变成了“多余的力量”，而且年岁大了，连想开电梯都没人要。其次，由于书店无人光顾，我这个“业余作家”卖书更加困难。“新乔”即使不戴墨镜上街，也没人认识我；我喜欢的交响乐行业就更惨，上半年全世界所有指挥和拉大提琴的“柴六”——那些靠卖演出票谋生的艺术家——都歇业了，疫情再过半年不好转的话，兴许许多艺术家真的会扎堆排队到“五星WC”去求职谋生，因为疫情再严重厕所也不会歇业呀，这是刚需!

最后，眼下全球的跨国旅游业都中断了，你再甭想去比利时布鲁塞尔去看那个撒尿小孩儿于廉，但我敢肯定，唯有他还在放纵地无忧无虑地对着空无人迹的广场愉快小便。

当小人易，做君子难。

以前是那样，今后也许更是。

谢谢何老师!

（何乐辉：北京万卷图书中心创始人、出版观察人，在传媒出版界从业二十余年。）